Sandra Maria Wasser ist 40 Jahre alt, hat einen 6-jähri-
gen Sohn und einen Mann, wegen dem sie der Liebe
wegen nach Solingen gezogen ist. Sie wuchs mit ihren
Eltern und einem jüngeren Bruder behütet in einer
Kleinstadt im Sauerland auf. Sandra ist Betriebswirtin
und suchte sich stets in der Freizeit den Ausgleich in
kreativer Arbeit. Entweder baute sie Möbel aus Pappe,
malte Bilder, Steinskulpturen, brachte geistige Ergüsse
zu Papier oder goss Träume aus Beton. Sie ist eine lustige, selbstkritische Person mit einer ausgeprägten
Phantasie, die nur so aus ihr heraussprudelt. Sie ist laut
eigenen Angaben perfekt darin unperfekt zu sein.

Alte Geiser ist der zweite Teil der Grauzonenromane
und auch das zweite veröffentlichte Werk von Sandra
Maria Wasser. Das erste Buch Jungenschreck erschien
im Dezember 2016.

Dieses Buch widme ich meinem Sohn Luca.

Du bist mein ganzer Stolz!

Sandra Maria Wasser

Alte Geister

Grauzone

www.tredition.de

© 2017 Sandra Maria Wasser

Verlag: tredition GmbH, Hamburg

ISBN
Paperback: 978-3-7345-8874-7
Hardcover: 978-3-7345-8875-4
e-Book: 978-3-7345-8876-1

Printed in Germany

Inhaltsverzeichnis

HELENA

Montana - USA

Prolog

Ich lecke mir die Finger. Ein Tropfen ihres Saftes rinnt warm meinen Handrücken hinunter. Sie schmeckt köstlich. Salzig und süß zugleich. Schon immer stand ich auf Frauen. Nie konnte mir ein weibliches Wesen widerstehen. Sie liegt vor mir. Wir sind bei ihr Zuhause. Von draußen herein ziehen Licht und Schatten vorbeifahrender Autos. In der Ferne hupt irgendein Idiot und ich höre das leise Surren einer Klimaanlage. Die Wohnung ist klein, aber aufgeräumt, ordentlich und mit weiblichem Geschmack eingerichtet und liebevoll dekoriert. Die Wände sind in einem klaren Hellgrau gestrichen. Hellgrau ist das neue weiß. Ich kenne mich aus mit Frauenthemen, habe alle angesagten Klatschblätter im Abo.

Es ist der Wonnemonat Mai. Es war ein cooler Abend in einer New Yorker In-Diskothek, sie lehnte an der Bar, jung, maximal Anfang zwanzig, unschuldig, sie wirkte fast fehl am Platz und einsam. Dazu war sie zwar auf ihre Art sexy, aber etwas bieder gekleidet und ich habe sie angesprochen. Ein Blick in ihre Augen und sie konnte mir nicht mehr entfliehen. Mein Charme ist unschlagbar, ich bin im besten Alter und ich sehe verdammt geil aus mit meinem Grübchen am Kinn, den dunklen Haaren und meinem durchtrainierten Körper. Stellt Euch Thor im Business Anzug vor. Geil, oder?

Dieses kleine Ding in der Bar, erst zierte sie sich ein wenig mich zu sich nach Hause einzuladen, aber ich sagte ihr, ich wolle nur ein Buch von ihr ausleihen. Vorher erzählte sie mir, dass sie eine Leseratte wäre. Die perfekte Vorlage. Sie strahlte, in ihrem Leichtsinn, erzählte sie mir von einer ach so tollen Liebesschnulze, die ich absolut gelesen haben müsste.

Mir war es einerlei. Die K.O.-Tropfen hatte sie schon intus und ich brauchte nur noch auf die Wirkung warten. 30 Minuten.

Jetzt liegt sie da. Jung, sexy, die langen Beine gespreizt, nackt, mir ergeben. Ich hatte Glück. Sie war sogar noch Jungfrau. Ihre Augen bewegen sich hektisch, aber sie ist unfähig sich zu wehren, während ich mich vergnüge und jeden Moment genieße.

Einfach lecker!

Charlie

Ich bin Charlie. Charlie Clark. Früher hieß ich einmal Dani, beziehungsweise Daniela Boderick, aber das ist lange, lange her. Ich bin 36 Jahre alt, habe eine 3-jährige Tochter, Sofia, und einen 8-jährigen Sohn namens Ben. Ich bin in einer festen Beziehung mit Max, dem Lehrer meines Sohnes, aber wir leben in getrennten Häusern. Immer wieder waren wir in der Vergangenheit kurz davor zusammenzuziehen und weitere Schritte zu gehen, aber ich traue mich nicht. Meinen bisherigen Männern habe ich absolut kein Glück gebracht. Sie sind, wie auch meine Eltern, tot.

Tot ist schlimm. Tot aufgrund einer Krankheit oder Naturgewalten, Leichtsinn oder Verkehrsunfall wäre schicksalsträchtig genug, aber meine Lieben wurden Opfer bestialischer Gewalt. Sowas sieht man im Fernsehen, ist erschüttert und froh, dass es weit weg von einem ist. Ich allerdings bin mittendrin. Um endlich Ruhe und Frieden zu finden, habe ich die Notbremse gezogen. Genau deshalb haben mein Sohn und ich den Namen gewechselt und sind von Boston hier nach Helena, Montana, gezogen.

Wie vom Unglück, oder „Teufel" verfolgt, gab es hier an unserem neuen Wohnort vor einiger Zeit grausame Fälle von Morden an kleinen Jungen und der Patenonkel von Sofia, mein ehemals bester Freund Gordon, wurde verdächtigt, verhaftet, aber dann doch wieder von der Polizei aus dem Knast entlassen. Wie es mir ging, könnt Ihr Euch bestimmt vorstellen, oder besser nicht. Ich war leer, in Panik und aufgelöst zugleich. Leider befürchte ich, hat Gordon den Verstand verloren, denn nach seiner Entlassung gab es einen weiteren Mord an einem Jungen aus unserem Nachbarort und Gordon verschwand. Er war wie vom Erdboden verschluckt. In meinen Augen war dies ein klares Schuldeingeständnis. Wie konnte ich mich so in ihm täuschen. Wie blind war ich. Vorher hatte ich noch gehofft mich mit ihm aussprechen zu können, aber seitdem er verschwunden ist, habe ich nie wieder etwas von ihm gehört und ich hoffe, er ist weit, weit weg.

Das er uns zu nahe kommt, glaube ich nicht, er hat Ben und Sophia sehr geliebt und würde ihnen nie etwas antun. Trotzdem. Er ist ein gefährlicher Mörder und sollte ich ein Lebenszeichen von ihm erhalten, werde ich es sofort der Polizei melden. Safety first!

Die Alarmanlage an unserem Haus ist jedenfalls scharfgeschaltet.

Gordons Ex-Freundin Isabell, eine blonde Sexbombe mit Doktortitel, ist damals auch von Boston mit uns hier nach Helena gezogen. Es war alles so schön, bis Gordon durchdrehte. Mittlerweile leitet Isabell im Ort eine Arztpraxis und hat ständig irgendwelche Männergeschichten laufen. Sie tobt sich so richtig aus. Die Sache mit Gordon belastet sie noch sehr. Manchmal ist sie voll fertig. Verständlicherweise!

Mein Freund Max ist Lehrer hier an der Grundschule in Helena und ein toller, ehrlicher und bodenständiger Mann. Gutaussehend noch dazu, seitdem er seinen Pädagogen Zopf gegen einen modernen Undercut und seine Schlabberklamotten, gegen enge Jeans und coole Shirts getauscht hat. Ich liebe ihn sehr.

Meine kleine, blonde Tochter Sofia geht seit dem Sommer in den Kindergarten, Ben ist glücklich in der Schule, nur hat er oft noch Alpträume. Ihn holen meist nachts die Gedanken an die Geiselnahme und die Misshandlungen ein, die uns damals widerfahren sind. Für mich schrecklich zu verarbeiten, für einen kleinen Jungen eine noch viel schwierigere Sache. Sein kleines Köpfchen hat viel zu verarbeiten und ich versuche durch Geduld und noch mehr Liebe seine Sorgen vergessen zu lassen.

Falls das überhaupt jemals möglich ist.

Was damals passiert ist? Beim Gedanken daran bekomme ich kalten Schweiß auf der Stirn und mein Herzschlag verdoppelt sich. Na ok, ich berichte es Euch in Kurzversion: Jacky, eine totale Psychopatin hatte uns gefangen gehalten, verfolgt, meine geliebten Eltern, meinen Exmann und meinen damaligen Freund brutal ermordet. Ben hat alles mitbekommen, Quatsch, er hat es live erlebt. Verzweiflung und

Tod. Da ist es klar, dass man Jahre braucht, um so etwas zu verarbeiten, bzw. damit einigermaßen Leben zu können. Ein Kind sollte solche Erfahrungen nicht machen müssen. Jacky sitzt aber seit geraumer Zeit in der geschlossenen Anstalt und wird wohl so schnell nicht wieder den freien Himmel sehen können.

Ben ist ein phantastischer Junge. Klug, verständnisvoll und er versteht sich super gut mit Max. Er möchte aber zum Beispiel mit Isabell keinen näheren Kontakt haben, weil sie eine Frau ist. Wahrscheinlich sieht er in jeder Frau außer mir, ein wenig Jacky. Jedoch arbeiten wir daran. Er ist in Therapie und ansonsten ein ganz normaler, wilder, pfiffiger, kleiner Junge. Mein großer Junge! Ich bin so stolz auf ihn!

Ich lebe von meinen Büchern. Erst habe ich die schrecklichen Geschehnisse in Boston autobiographisch verfasst und veröffentlicht. Überraschenderweise sogar gewinnbringend! Danach habe ich ein Buch mit Kurzgeschichten für Kinder rausgebracht, was viel weniger anstrengend und angsteinflößend ist als diese Aufarbeitung der Vergangenheit und wir können gut davon leben. Aktuell schreibe ich an einem Fantasyroman für Kinder und Jugendliche. Von Drachen und Prinzessinnen und lebenden Wäldern mit sprechenden Pflanzen und so. Romantisch, kindlich, abenteuerlich. Sowas zu Papier zu bringen macht wirklich großen Spaß. Seltsam, welche Phantasie man entwickeln kann, wenn man es nur zulässt. Ich kann es nicht beschreiben, aber es sprudelt einfach aus mir heraus. Ben freut sich schon sehr auf das fertige Resultat. Er muss immer als Versuchskaninchen herhalten und er ist wirklich ein guter Lektor.

Helena, wo wir nun leben, ist eine schöne Stadt. Sie hat knapp 30.000 Einwohner, eine eigene Kopie der Freiheitsstatue, wird geprägt durch viel Landwirtschaft und liegt 1.237 Meter hoch. Direkt am Missouri River gelegen inmitten von wunderschönen Bergen, Seen, kleinstädtisch, aber mit allem was man so im Leben braucht und unsere Nachbarn sind sehr nett.

Der Nachbar von gegenüber, James, hat es uns anfangs etwas schwergemacht. Was war er aber auch für ein alter, verbitterter Kauz. Kaum vorzustellen, denn mittlerweile hat er für Ben und Sofia eine Art Opa Funktion übernommen. Sogar eine Schaukel hat er für die zwei bei sich im Garten aufgebaut. Er bietet ständig seine Hilfe an. Ob bei kleineren Reparaturen im Haus, oder als Babysitter bei den Kindern. Er blüht richtig auf. Sieht quasi Jahre jünger aus, als noch vor zwei Jahren. So habe ich immer wieder Zeit mich um meine Kinder, meinen Roman und mein Liebesleben zu kümmern.

Mittlerweile sind wir hier wirklich Zuhause. Endlich!

Max

Es ist Samstag. Als ich zum Mittagessen zu meiner Familie komme, sitzen schon alle beim Essen. Ja, es ist meine Familie. Ich wohne zwar nicht gemeinsam mit ihnen in diesem süßen, unmännlich rosafarbenen Holzhaus, aber seit mehr als 2 Jahren gehe ich hier ein und aus. Ich liebe Charlie und ihre Kinder. Charlie braucht ihren Freiraum und, gerade weil ich sie liebe und wahrscheinlich niemals verstehen werde wie man sich fühlt, wenn man dem Tode mehrmals knapp entsprungen ist, gebe ich ihr alle Zeit der Welt. Hey, ich bin Lehrer, Geduld ist mein zweiter Vorname!

Ich war heute Vormittag noch an der hiesigen High-School. Dort gebe ich Judokurse für die jungen Leute. Das macht echt Spaß.

Ansonsten unterrichte ich als Klassenlehrer an der Helena Elementary School. Ben ist in meiner Klasse und er war irgendwie diese Woche wieder total fertig. Er schläft wieder schlecht. Alpträume. Aber ich halte mich da raus. Das hat Charlie mir deutlich genug gemacht. Ben ist bei einem guten Arzt in Therapie, Charlie eine wahnsinnig tolle, einfühlsame Mutter und sie kennt ihren Sohn genau. Da stifte ich nur Verwirrung mit meinem Pädagogen Wahn. Manchmal muss man den Mutterinstinkten Vorrang gewähren.

Mir gegenüber sitzt Isabell. Sie hat langes blondes Haar, das ihr in wilden Locken bis zum Po geht, einen Augenaufschlag, für den manche Frauen töten würden und perfekte Rundungen, die Männer ihren Namen vergessen lassen. Mir wäre sie zu oberflächlich und eingebildet, aber sie ist als Ärztin erfolgreich, intelligent, wohnt nur eine Straße weiter, ist eine gute Freundin von Charlie und geht hier im Haus ganz selbstverständlich ein und aus.

Heute ist Isabell seltsam, irgendwie völlig verdreht. Sie ist nervös, knibbelt an ihren frisch manikürten Fingernägeln, folgt unseren Gesprächen nur ganz abwesend und schaut ständig zur Tür. Ihr Ex Gordon wird seit ungefähr 2 Jahren vermisst, beziehungsweise ist untergetaucht. Ich frage sie, was los ist, aber sie sagt, sie habe einen tollen Typen kennengelernt, ein Architekt und freue sich schon, weil sie heute Abend ein Date mit ihm hat. Ich glaube ja, ehrlich gesagt, dass sie sexgeil ist oder verliebt. Oder beides. Naja, verstehe einer die Frauen.

Mein Sexleben ist wahnsinnig gut. Charlie versteht es mir den Kopf zu verdrehen und mir ihr habe ich den besten Sex meines Lebens. Und zwar mehrmals wöchentlich! Voller Vertrauen, Leidenschaft und abwechslungsreich. Was will Mann mehr?

Ben

Ich habe das Gefühl niemand versteht mich. Warum habe ich noch immer Angst im Dunkeln? Ich bin doch schon groß. Wenn man 8 ist, dann ist man doch fast erwachsen. Und ich jammere nachts wie ein Baby. Das ist scheiße. Einfach peinlich!

In den letzten zwei Wochen habe ich drei Mal nachts ins Bett gemacht. Habe dann schnell das Bett abgezogen, gewaschen und neu mit einem Laken bezogen, bevor noch jemand was merkt und denkt ich wäre ein Baby oder ein Hosenpisser.

Max hat Muskeln, ist sehr nett und ich kann toll mit ihm spielen. Bei ihm habe ich keine Angst, aber wenn ich alleine bin oder bei Isabell, dann habe ich ganz doll Angst. Ich weiß nicht wovor, aber ich will nicht wieder so viel Angst haben und darauf warten, dass etwas Schlimmes passiert wie früher, wie in Boston.

Mein Taschenmesser trage ich auch nachts ständig bei mir. Es steckt in der Ritze zwischen Matratze und Bettrahmen. Max sagt ich brauche keine Angst haben. Mama sagt das auch.

Woher wissen sie das so genau?

Manchmal sind die großen Leute einfach dumm und gucken nicht richtig hin und sehen das Böse nicht. Den Weihnachtsmann gibt es schließlich auch und die Erwachsenen lachen ständig, weil er eine Erfindung wäre. So ein Quatsch. Ich habe mit ihm gesprochen, ihn am Bart gezogen und sowas. Es gibt ihn wirklich!

Ich schäme mich, aber manchmal tut mir der Pipimann weh und manchmal mein Popo, oder meine Arme, aber ich weiß nicht warum. Vielleicht bin ich auch ganz schwer krank und muss sterben.

Aber ich kann Mami doch nicht alleine lassen.

Schließlich bin ich der Mann im Haus.

James

Abends, im Herbst, wenn die Blätter alle herabgefallen sind und der Winter schon vor der Türe steht, liebte ich es auf meiner Holzveranda zu sitzen und die Leute zu beobachten. Wie sie hetzen oder schlendern, streiten oder sich liebevoll an die Hand nehmen. Freche Kinder, die mit ihren Eltern um die Wette diskutieren, die mit den Füßen aufstampfen und sich schreiend auf den Boden werfen. Mütter, die peinlich berührt, weil sie beobachtet werden, versuchen die Kinder zu beruhigen. Hundehalter, die beschämt warmstinkende Scheiße ihres Hundes einsammeln oder Menschen, die mit sich selbst oder technischen Gerätschaften in der Hand reden um der Einsamkeit zu entfliehen.

Die gusseisernen, schwarzen Straßenlaternen gehen dann langsam an. Der Wind weht einige der bunten Blätter umher. Indian Summer. Die Fenster in der Nachbarschaft fangen an zu leuchten und dahinter sieht man glückliche Gesichter vor einer heißen Tasse Schokolade sitzen. Während ich hier draußen, eingehüllt in einen großen Schal, den meine Frau mir gestrickt hat, alleine saß, müde vom Nichtstun und gerade bereute, nie eigene Kinder gehabt zu haben.

Mich besucht niemand. Vielleicht klopfe ich mal bei meiner Nachbarin Charlie an. Sie war in letzter Zeit so nett und versuche mich bei ihr auf einen Kakao einzuladen. Ach nein, ich will mich niemandem aufzwängen.

So fing alles an. Beziehungsweise der positive Teil unserer Nachbarschaft. Vorher habe ich Charlie verdächtigt einen Swingerclub zu betreiben und in die Machenschaften des Mörders Gordon verwickelt zu sein. So kann man sich irren.

Gut, dass ich damals rübergegangen bin. Zwei Jahre ist es her. Charlie öffnete die Tür, der Kakao war phantastisch und von diesem Moment an, fühlte ich die Liebe in diesem Haus. Sauber, gemütlich und herzlich. Ich muss laut lachen, denn Charlie ist alles, aber keine Nutte oder Swingerclubbesitzerin. Ganz normal ist sie. Ein wenig chaotisch manchmal, aber hilfsbereit und liebevoll. Oft darf ich auf die zwei Kinder aufpassen. Sie geben mir unheimlich viel. Sie geben meinem Leben einen Sinn. Charlie ist eine bemerkenswerte Frau. Wie sie es schafft den Alltag als alleinerziehende Mutter zu bewerkstelligen. Einfach großartig. Sie hat mir ihre ganze Geschichte erzählt. Oh je! Zum Glück sitzt die Psychopathin Jacky noch viele, viele Jahre im Knast.

Ich werde immer ein Auge auf sie und die Kinder haben.

Isabell

Manchmal ist es ganz schön anstrengend den Schein zu wahren. Es fällt mir wirklich schwer mich anderen Männern hinzugeben. Aber wenn mein Umfeld nicht ab und an einen erwachsenen Mann an meiner Seite sieht, machen sie sich Sorgen um mich. Dann stellen sie Fragen, glauben ich hätte zu viel Zeit, und ich muss mich schon anstrengen die Praxis am Laufen zu halten und trotzdem zu meiner Befriedigung zu kommen. Das ist gar nicht einfach.

Meine Besuche bei den Clarks sind seltener geworden. Ben erinnert mich zu sehr an meinen verstorbenen Zwillingsbruder und das belastet mich sehr. Außerdem kann Ben mich nicht mehr leiden. Keine Ahnung wieso, denn ich bin wirklich vorsichtig. Max, der langweilige Freund von Charlie, beobachtet mich ständig. Entweder steht er auf mich, oder er traut mir nicht über den Weg.

Also mache ich lieber einen auf fleißige Praxisinhaberin, die an den Wochenenden Männer aufreißt und heiße Wochenendtrips in alle Teile der Welt unternimmt.

Bisher glauben sie mir.

Charlie

Heute feiert Ben seinen 8. Geburtstag. Das Wetter ist prima. 20 Grad und sonnig. Unser Nachbar und Ersatz Opa James hat mir dabei geholfen im Garten gefühlte eine Millionen Luftballons aufzuhängen. Rot ist Bens Lieblingsfarbe. Also gibt es rote Luftballons, rote Tischdecken, rote Servietten, roten Kinderpunsch, rote Girlanden, rote Plastikbecher und ich bin gerade dabei seinen Geburtstagskuchen mit 8 roten Kerzen zu schmücken.

Max bringt Ben aus der Schule mit und holt auf dem Weg Sofia vom Kindergarten ab. Noch genieße ich die Ruhe vor dem Sturm. Dem Ansturm an Kindern. Es kommen 8 Freunde von Ben. Plus deren Eltern, eventuellen Geschwisterkindern, James, Isabell, vielleicht in Begleitung, Max und ich.

Als Überraschungsgast kommt auch noch die Schwester von Max – Fiona. Ich habe sie bisher noch nicht persönlich kennengelernt. Sie lebt eigentlich in Kanada. Ist Single und eine Weltenbummlerin. Bevor sie in Kanada verletzten Braunbären auf einer eigenen Farm auf dem Weg in die Auswilderung geholfen hat, lebte sie in Brasilien und kümmerte sich um die rosafarbenen Amazonasdelfine, die sich in den Flüssen oft in Fischernetzen verheddern und dann gesundgepflegt werden müssen. Sie ist eine sehr liebe, selbstlose Person. Jedenfalls schwärmt Max von ihr. Ich bin sehr gespannt. Hoffentlich mag sie mich…

Heute Abend wird der Grill angeschmissen und vorher kommt eine besondere Überraschung für Ben. Ein Zauberer. Mister Magicus. Momentan steht Ben voll auf Magie, aber leider kennt Max nur einen langweiligen Kartentrick und ich die Sache mit dem abgesägten Finder… gähn… Das Geburtstagsgeschenk für Ben, der Zauberkasten, steht schon hübsch verpackt parat, natürlich in rotem Geschenkpapier, und wartet auf das Geburtstagskind. Ich freue mich schon sehr. Jetzt muss ich mich aber beeilen, damit alles rechtzeitig fertig wird und ich mich auch noch umziehen kann. Also schnell, schnell…

Ben

Oh, ich bin schon ganz aufgeregt. Gleich kommen meine ganzen Freunde. Ich bin schon 8. Bald bin ich erwachsen. Ich gehe Mama schon fast bis zur Schulter. Ich bin ein Beschützer.

Beim Judo habe ich gelernt mich zu verteidigen und da habe ich jetzt schon den 7. Kyu, also den gelben Gürtel. Mama ist total stolz auf mich.

Max ist aber auch ein prima Lehrer. Ich wünschte, er wäre mein Papa. Aber dazu müsste er richtig bei uns wohnen. Manchmal höre ich sie darüber diskutieren. Mama will das nicht. Ich weiß auch nicht warum. Das wäre so cool!

Vielleicht bekomme ich auch den Hund, den ich mir schon so lange gewünscht habe. Bisher war Mama immer dagegen, aber vielleicht ist es nur ein Trick und er wartet schon im Garten auf mich. Ich würde ihn Wolf nennen. Also falls es ein großer Hund ist. Ein kleiner Hund würde vielleicht Sato heißen oder Elli, je nachdem ob männlich oder weiblich… ein Hund wäre echt der Hammer!

Jetzt muss ich mich beeilen und mein neues T-Shirt anziehen. Jedes Jahr näht mir Mama eins. Dieses Mal ein rotes Shirt mit einer riesigen 8 drauf und kleinen silbernen Sternen und einem Zauberstab. Voll super. Nicht so ein Babyshirt, sondern ein richtig männliches Zauberer Shirt.

Ich muss nur aufpassen, dass Sofia mir nicht aufs Shirt sabbert. Was würden meine Kumpels dazu sagen. Da schlägt eine Autotür zu und ja, ich höre schon die ersten Gäste eintreffen. Das muss Andrew sein, mein bester Kumpel.

Jetzt aber flott...

Isabell

Ich stehe voll auf Jungs. Das ist mein Geheimnis. Die Kurzfassung: Mit 11 Jahren hat mich mein Zwillingsbruder, blond, blaue Augen, im dunklen Keller meines Elternhauses eingesperrt. Ich bin leicht durchgedreht, als ich erst viele Stunden später rausgeholt wurde. Meine Eltern fanden das anscheinend lustig. Ich erst, nachdem ich meinen Bruder eigenhändig umgebracht und mein Elternhaus inklusive meiner Eltern abgefackelt habe. Ich war dann leider 5 Jahre lang in einer Irrenanstalt. Geheilt und dort entlassen, machte ich meinen Schulabschluss, studierte Medizin und die Arten wie man mit kleinen Jungs spielen kann, ohne sofort aufzufliegen. Ich bin eine Göttin in meinem Fach.

Ich liebe kleine Jungs und kuschele gerne mit ihnen, aber ich hasse auch kleine Jungs und liebe es ihnen weh zu tun. Je mehr sie mich an meinen blonden Zwillingsbruder erinnern, umso einfallsreicher werde ich.

Ben sieht meinem Zwillingsbruder gottseidank, leider sehr ähnlich, aber er lässt mich nicht mehr an sich ran. Unzählige Male habe ich schon mit ihm gespielt. Was für ein Vergnügen! Er war immer betäubt oder sowas in der Art. Ich bin ja nicht leichtsinnig! Für irgendetwas muss das Medizinstudium ja gut gewesen sein. Vor allem der Teil der Narkotika. Aber irgendwie mag Ben mich nicht mehr so wie früher und ich finde es langsam auffällig. Deshalb bin ich vorsichtig geworden.

Echt schade, denn er sieht so entzückend aus, gerade heute mit dem niedlichen T-Shirt und der süßen Geburtstagskrone auf dem blonden Köpfchen. Diese hübschen vor Freude strahlenden Augen...

Reiß dich zusammen, Isa, warne ich mich.

Ich gehe auf ihn zu. Hinter dem riesigen Geschenk hat er mich erst nicht erkannt. Als er mich sieht, weicht sein Lachen einem kühlen Blick inklusive „Hallo!". Ich drücke ihn fest. Mir ist es egal, dass er sich leicht wehrt, das mag ich sogar und lache laut. Ich darf die Situation aber nicht außer Kontrolle geraten lassen, also lasse ich ihn los, gebe ihm das Paket und schaue mich um. Ich fühle mich wie im Paradies – mindestens 5 kleine, hellhaarige Jungs tollen durch den Garten!

Max

Der Grill glüht. Meine Steaks und Bratwürste finden reißenden Absatz. Ich trinke einen Schluck Bier und stoße mit Fisher, einem Kumpel aus dem Ort an, der mir hier Gesellschaft leistet. Bisher war die Party ein voller Erfolg. Der Zauberer hat alle, vor allem Ben, total begeistert und wenigstens für 1 Stunde von jeglichem anderen Blödsinn abgehalten.

Die Stimmung ist prima. Der Garten gleicht einem Wunderland. An jeder Ecke blühen Blumen, die große Rasenfläche besteht zwar zu einem Großteil aus Moos und Klee, ist aber weich und grün. Überall liebevolle rote Deko-Elemente, die zeigen, dass Charlie ihren Ben über alles liebt.

Charlie, mit einem Glas Zitronenpunsch in der Hand, unterhält sich angeregt mit einem Pulk Eltern. Sie lacht und sieht wunderschön aus. Sie strahlt förmlich und lässt ihre hübschen, weißen Zähne blitzen. Das lange, braune Haar fällt lässig über ihre Schultern und das kurze Sommerkleid zeigt ihre zierlichen Beine. Sie ist barfuß. Meine Traumfrau!

Mein Blick geht weiter zu Ben. Er sitzt mit 2 Kumpels im Baumhaus und übt schon einmal mit dem Zauberkasten für seine eigene Zauberschau. Er war etwas enttäuscht, dass er keinen Hund bekommen hat, aber angesichts des Zauberers kam er schnell darüber hinweg.

Sofia sitzt mit einem anderen kleinen Mädel im Sandkasten und backt einen Sandkuchen nach dem anderen. Leider landet mehr Sand außerhalb des Sandkastens, aber das ist mir heute egal.

James, der gute alte James, unser Nachbar, sitzt auf den Treppenstufen der Terrasse, raucht genüsslich eine Pfeife und genießt das laute Treiben.

Isabell liegt auf einer blaukarierten Picknickdecke am anderen Ende des Gartens, um sie herum einige Kinder dicht an dicht, die ihren Lippen folgen, während sie wild gestikulierend spannende Geschichten erzählt.

Mein Beschluss steht fest. Ich werde am Montag in die Stadt zum Juwelier fahren und einen Verlobungsring kaufen.

Es wird Zeit, dass ich um Charlie kämpfe. Höchste Zeit das ich ihr zeige, dass wir zueinander gehören.

Für immer. Ich liebe sie!

Total in Gedanken versunken, werde ich wieder in die Realität befördert. Jemand hupt mehrfach. Dann sehe ich eine kleine, leicht pummelige Person aus dem Taxi steigen. Sie trägt einen großen Cowboyhut, Jeans und winkt überschwänglich. Ich grinse. Wie schön! - Fiona. Mein Schwesterlein. Wie sie leibt und lebt. Ich übergebe Fisher die Verantwortung am Grill und eile zu ihr. Sie fällt mir um den Hals und jubelt. Ich freue mich auch sehr, sie zu sehen. 4 Jahre lang hat sie sich nicht sehen lassen. Dabei ist Helena auch ihre Heimat. Aber für wirkliche Heimatgefühle braucht Fiona das Gefühl gebraucht zu werden und hier gibt es leider keine Braunbären, Papageien, Delfine oder sonstige bedrohte Tierarten, die sie an diesen Ort binden würden. Ich bin froh, sie endlich wiederzusehen. Sie bleibt leider nur ein paar Tage. Ihre Farm in Kanada kann sie nicht länger alleine lassen. Schade. Ihre grünen Augen funkeln und sie kann es kaum erwarten Charlie und die Kinder kennenzulernen. Vielleicht sollten wir sie mal in Kanada besuchen? Wälder, Berge, wilde Tiere – ein Urlaub würde uns guttun.

Charlie

Die Dusche war herrlich. Warm und entspannend. Noch warm dampfend steige ich heraus, trockne mich ab und bürste mein Haar zurück. Die Kinder liegen erschöpft schlafend in ihren Betten und ich freue mich, über den gelungenen Kindergeburtstag.

Max betritt das vernebelte Badezimmer, nimmt mir das Handtuch ab und trocknet mir die letzten Wassertropfen vom Körper. Max geht um mich herum, widmet sich vorsichtig meinem Rücken. Er küsst und liebkost meine verblassten, doch riesigen, wulstigen Narben auf meinem Rücken. Schnell schlüpft er aus seinem Pyjama. Ich drehe mich zu ihm um und genieße den Anblick. Sein Körper ist leicht gebräunt, seine Körpermitte nicht.

Man sieht genau, wo seine enganliegende Badehose sitzt. Schon seit dem Frühsommer nutzen wir oft den Pool in seinem Garten, den er mit Hilfe von Ben für uns gebaut hat. Ben schwimmt schon wie ein Fisch, ist am liebsten 24 Stunden am Tag im Wasser und Max liegt, sich bräunend, am Rand oder auf einer Luftmatratze und lässt Ben nicht aus den Augen.

Sein Blick ist magisch. Er ist ein toller Typ und noch dazu verständnisvoll. Kein anderer Mann würde meinen Launen mit so viel Geduld begegnen. Auf Zehenspitzen stellend küsse ich ihn leidenschaftlich.

Meine Zunge umkreist die seine und ich schließe die Augen, um den Moment voll und ganz zu genießen. Lecker!

Er nimmt mich hoch.

Setzt mich auf den Rand des Waschbeckens.

Hält mich fest.

Seine Muskeln an den Oberarmen zeichnen sich ab. Sexy!

Ich schlinge meine Beine um seine Hüften. Sein Penis, aufgerichtet und fest, ist bereit für mich. Ich schließe wieder die Augen, Max stöhnt leise vor Lust und ich warte auf den magischen Augenblick, wenn Max meine Beine auseinanderdrückt, ich mich zurücklehne und er sein Gemächt in mich schiebt. Ich liebe diesen Moment. Kurz erschrecke ich, als es dann so weit ist. Die Größe seines Penis füllt mich komplett aus. Meine Muskeln ziehen sich zusammen und langsam und rhythmisch bewegt er sich in mir. Erst vorsichtig, dann immer stärker.

Ich stütze mich mir den Händen auf dem Rand des Waschbeckens ab, während Max zustößt. Ich bin feucht. Entspannt, aber geil sauge ich jeden Moment auf. Wünschte die Zeit würde stillstehen, aber ich merke wie meine Beine anfangen zu kribbeln, mich wohlige Wärme umschließt und Max gekonnt mit jedem Stoß den Orgasmus provoziert. Kaum merke ich, wie meine Vagina sich zusammenzieht. Max stößt fester. Ein Rausch umfängt mich. Max stößt weiter zu. Schneller. Tiefer. Das Kribbeln hat jetzt meinen ganzen Körper eingenommen. Meine Brustwarzen sind hart wie Stein. Jeder Muskel meines Körpers ist angespannt. Ich kann das Stöhnen nicht mehr unterdrücken und beiße mir leicht auf die Unterlippe. Dabei sehe ich Max in die Augen. Wunderschön ist der Moment, wenn seine Augen vor Erregung dunkler werden. Diese Wärme. Max stößt weiter in mich hinein. Die Welle kommt mit aller Kraft. Mir wird schwindelig und plötzlich explodiere ich vor Glück und genieße den Orgasmus in vollen Zügen. Max schiebt sich so tief wie möglich in mich hinein und er nimmt mich in den Arm. Sein Atem geht schnell. Er drückt mich fest und ich fühle sein Sperma in mir und seinen langsam erschlaffenden Penis.

Vorsichtig trägt mich Max hinüber ins Schlafzimmer, legt mich aufs frisch duftende Bett, deckt mich zu und gibt mir einen Kuss. „Schön, dass es Dich gibt", haucht er mir zu und schon im nächsten Moment bin ich eingeschlafen.

Jacky

Als würde ich seit Jahrhunderten hier herumlungern. Ich strecke meine müden und unmuskulösen Beine und betrachte die Einöde um mich herum. Gitter vor dem Fenster. Ätzend. Ein Klo, ein Tisch, ein Buch darauf, ein Stuhl davor. Kein Spiegel, keine Bettwäsche, nur eine Matratze, ein knarzendes Metallbett und darauf ich. Echt scheiße!

Ich bin Jacky, 35 Jahre alt, verurteilt wegen 4-fachen Mordes, Freiheitsberaubung und schwerer Körperverletzung, zu Sicherheitsverwahrung mit psychologischem Schwerpunkt für die nächsten 25 Jahre. Bla bla bla…

Meine ehemals hübschen, blonden Extensions, sind langweiligem, straßenköterblondbraunem Haar gewichen, das mir strähnig vors Gesicht fällt. Gemeinschaftliches Duschen ist nicht täglich, sondern nur alle 7 Tage gestattet. Pflegeprodukte oder Lockenstäbe Fehlanzeige! Meine braunen Augen, die früher vor Energie strahlten, sind trüb geworden. Zwar kann ich das nur erahnen, aber schließlich sehe ich seit mehr als 3 Jahren nichts Schönes mehr. Ich darf weder arbeiten, noch zu Hofgängen. Besuche werden nur 2 Mal pro Jahr gestattet, außer dem regelmäßigen Besuch meines Therapeuten, der jedoch ein schmieriger alter Sack und noch dazu potthässlich und nervig ist.

Also liege ich hier und gehe meinen eigenen Gedanken und Phantasien nach. Mein Papi kam mich schon 5 Mal besuchen. Daran sehe ich, wieviel Zeit vergangen ist, seitdem ich von der Polizei überwältigt wurde und diesem Idioten Gordon, dem Jungenschreck, der meinen kleinen Bruder ermordet hat als ich noch klein war, ein Messer ins Auge bohrte.

Diesen Anblick werde ich nie vergessen.

Leise kichere ich in mich hinein.

Leider war ich zu versessen darauf den Anblick zu genießen, so dass ich erst zu spät bemerkte, dass Inspektor Miller meiner kleinen Show ein Ende bereiten würde. Echt schade. Dabei hatte ich noch so viele schöne Ideen, wie ich der Schlampe Dani und ihrem Blag wehtun konnte. Denn schließlich hat sie mich beim Highschoolball aufs Übelste ausgelacht, bloßgestellt, verhöhnt und mir den Kerl, meinen Kerl, Brian, ausgespannt. Scheiße. Lange her. Mit jedem Jahr hier kommt es mir unwirklicher vor, dass ich so viele Jahre hinter Dani her war und Rache üben wollte. Dani lebt noch. Bestimmt megaglücklich in einem rosaroten Wolkenschloss mit einem Stall voll Kindern, verliebt und spießig. So wie ich immer sein wollte. Fuck!

Jedenfalls war ich erstaunt, als mein Papi mich das erste Mal hier besuchte. Ich konnte ihm gar nicht in die Augen schauen. Schließlich bin ich eine Mörderin.

Er redete die ganze Zeit. Papa entschuldigte sich bei mir, dass er mir kein guter Vater war, mich nach dem Tod meines Bruders vernachlässigt habe und dass er alles nachholen wolle. Beim ersten Mal war ich wütend, schließlich hatte er mit seiner Ignoranz mich doch dazu getrieben zu der Person zu werden, die ich bin und die ich so sehr hasse. Ich fand ihn scheinheilig. Wie kann er mich lieben, wo ich ihm, Mama und erst recht so vielen anderen Menschen so weh getan hatte.

Beim zweiten Besuch sah ich kurz auf und sah die tiefe Trauer in seinen Augen. Da glaubte ich ihm plötzlich, dass er mich liebt, aber ich war noch immer so wütend. Schließlich hatte ER eine Tochter, aber ich würde nach der Fehlgeburt niemals mehr ein Kind kriegen können, laut der Ärzte und erst Recht, weil ich hier in diesem Gefängnis sitze. Wenn ich hier raus bin, ist meine Möse ausgetrocknet und meine Gebärmutter eine verschrumpelte Rosine. Glückwunsch!

Als ich dann zum dritten Mal Besuch von meinem Vater bekam, lauschte ich interessierter seinen Worten und glaubte ihm sogar, dass er sein Leben geändert hat und dass auch meine Mami mich gerne besuchen kommen möchte. Nach diesem Besuch habe ich geweint. Ich habe zwar keine Ahnung warum ich weinte, vielleicht weil Papa so unsicher war, so hilflos und ehrlich, irgendwie berührte er meinen weichen Kern. Das hatte schon Jahre niemand mehr geschafft.

Dann kam der Tag des vierten Besuches. Mittlerweile war ich seit 2 Jahren hier gefangen. So langsam konnte ich verstehen, wieso Dani damals so verzweifelt war, als ich sie gefangen hielt. Aber Reue ließ ich nicht zu. Sie hatte es schließlich nicht anders verdient.

Mami saß neben Papa. Sie hielten sich fest an der Hand. Dieses Bild hatte ich seit fast 30 Jahren nicht mehr gesehen.

Seit mein kleiner Bruder Opfer des Jungenschrecks wurde, hatte es keine Zärtlichkeit in meinem Elternhaus gegeben. Nur Vorwürfe, Streit und grobes, versoffenes Gegeneinander.

Zum ersten Mal sah ich sie an. Ich sah meine Mami an, ihre großen blauen Augen, spürte ihre Liebe und ich sah meinen Papi an. Sie brauchten gar nichts zu sagen. Ich verstand. Schluchzend wand ich mich um, vor Peinlichkeit ganz schwindelig, und ging unter Geleit in meine Zelle.

Immer wieder erwischte ich mich dabei, wie ich mir den nächsten Besuch meiner Eltern vorstellte. Sehnsüchtig. Im Geiste sah ich sie, mich freudestrahlend in die Arme schließen und mit nach Hause nehmen. In mein Kinderzimmer und alles nachholen, was wir in all den Jahren verpasst haben. Das war auch das erste, was ich ihnen beim fünften Besuch sagte. Ich sah sie an und sagte ihnen, dass ich mir wünschte, ich könnte wieder bei ihnen Zuhause sein. Papi sagt, ich soll durchhalten und gewissenhaft die Therapie durchziehen. Sie würden auf mich warten. Ich glaubte ihm.

Allerdings ist das Warten hier unerträglich. Ich will hier raus. Zum allerersten Mal seit meinem Einzug in dieses Etablissement will ich wirklich und ernsthaft hier raus. Ich will fliehen. Aber wie, denke ich und sehe mich in meinem Reich um. Nachts werde ich mit Schlaftabletten ruhiggestellt. Ein Wärter wartet so lange, bis die Tablette runtergeschluckt ist, mit anschließender Mundkontrolle und so einem Scheiß. Irgendetwas muss ich mir einfallen lassen.

Aber will ich fliehen um Dani zu bestrafen?

Will ich doch Rache an meinen Eltern üben um meine Befriedigung zu finden?

Oder will ich einfach nur in die liebenden Arme meiner Eltern und beschützt werden?

Alles Quatsch! Ich will einfach hier raus. Was dann passiert, kann ich mir überlegen, wenn es soweit ist.

Ein Plan muss her!

Max

Er brennt förmlich. Der Verlobungsring in meiner Tasche. Wunderschön ist er. Gold, schlicht mit einem kleinen Diamanten oben besetzt und innen graviert mit „Dani, Jonah, Sofia & Max" und einem kleinen Herzchen. Ich habe extra ihre alten, die richtigen Namen genommen, weil es ihr zeigen soll, dass ich nicht nur Charlie liebe, wie sie heute ist, sondern samt aller Altlasten.

Am Wochenende möchte ich Charlie den Antrag machen. Auf einer romantischen Bootsfahrt. Isabelle kümmert sich gerne um die Kinder. Sie hat sich das Wochenende Samstag und Sonntag freigehalten. Jetzt muss ich nur noch unter einem Vorwand Charlie weglotsen und mit Ben sprechen, damit er bei Isabell bleibt. Darauf hat er nämlich so gar keine Lust. Seltsam. Früher hat er gerne bei ihr übernachtet.

Wahrscheinlich findet er es mit 8 Jahren uncool einen Babysitter zu haben.

Oh, was bin ich aufgeregt. Hoffentlich sagt sie ja…

Charlie

Irgendetwas ist da im Busch. Ich bin doch nicht doof. Max ist seit Tagen total nervös und kann mir nicht in die Augen schauen. Ben hat letzte Nacht wieder ins Bett gemacht. Zwar versuchte er das Bettlaken ganz heimlich selber zu wechseln, damit ich nichts merke, aber ich bin schließlich seine Mama und kriege mit, was hier im Haus passiert. Ganz leise habe ich ihn beobachtet. Mein armer kleiner Junge. Ich hoffe, er kann bald die alten Geister hinter sich lassen.

Heute ist Samstag. Momentan schlafen noch alle. Ich genieße diese morgendliche Ruhe, wenn die ersten Sonnenstrahlen mich an der Nase kitzeln und ich den warmen Körper von Max neben mir spüre. Sein leichtes Schnorcheln ist echt niedlich und beruhigend. Er hat mir in letzter Zeit sehr viel Kraft und Sicherheit gegeben.

Trotzdem finde ich den Wunsch von Ben nach einem eigenen Hund mittlerweile wirklich gut. Ein Hund wäre ein weiterer Sicherheitsaspekt, meine Kinder lernen Verantwortungsbewusstsein einem Tier gegenüber und ich mochte Hunde schon immer. Ich weiß nur nicht, ob wir einen Hund aus dem Tierheim holen sollten. Andererseits würde er perfekt zu uns passen, denn er hat wie wir eine Vorgeschichte.

Mal sehen, was Max dazu sagt. Vor allem erstmal abwarten, was Max ausheckt…

Max

Ich bin noch immer verwirrt. Es ist Samstag. Wir sind alle aufgestanden, haben uns langsam den Schlafsand aus den Augen gewaschen, uns angezogen, gemütlich gefrühstückt und dann habe ich nervöses Hemd Charlie die Aufgabe gestellt meine Hose schnell zu waschen, über die ich gerade ganz zufällig, geplanter weise, meine Milch geschüttet hatte.

Charlie ist also mit Kernseife und Hose bewaffnet runter in den Keller gestapft und ich schnell mit Jogginghose bekleidet und den beiden Kindern an der Hand rüber zu Isabell. Schließlich sollen die Kids bei Isabell ein tolles Wochenende verbringen, während ich endlich, endlich Charlie einen Heiratsantrag mache.

Das Boot ist gebucht, der Picknickkorb gepackt, die Blumen liegen parat und der Verlobungsring liegt in einer kleinen Schachtel neben einer gekühlten Flasche Champagner.

Ben wollte nicht rüber zu Isabell, aber als ich ihn in meinen Plan eingeweiht habe, ist er dann doch mitgekommen. Schließlich will er das ich sein Vater werde. Jedoch als wir bei Isabell vor der Haustür standen und Isabell mit einem fetten Grinsen die Tür öffnete, riss sich Ben los, setzte sich auf den Holzboden der Veranda und weinte herzzerreißend. Ich war echt erschrocken und fassungslos. Wieso will er nicht bei Isabell bleiben? Er kennt sie schon seit Jahren.

Na gut, dachte ich mir, dann bringe ich ihn besser zu James rüber, mit dem versteht er sich besser. Hoffentlich hat er auch Zeit. Während ich noch so in Gedanken verplant war, sah ich aus dem Augenwinkel Isabell aus dem Haus stürmen, Ben hochreißen und anschreien „Stell Dich nicht so an, Du Hosenpisser. Denk an Deine Mama. Was soll der Scheiß. Sitzt hier wie ein Baby rum und versaust deiner Mama das Leben."

Ich war fassungslos und ging sofort dazwischen. Isabell hatte einen echt irren Blick. Das machte mir Angst. Als sie meine Verwirrung sah, änderte sich ihr Gesichtsausdruck. Plötzlich war sie wieder die liebe, nette und hilfsbereite Isabell. Sie entschuldigte sich vielmals bei Ben und bat ihn erstmal reinzukommen.

Ich konnte die Situation nicht so richtig verstehen und wollte mit Isabell alleine reden. Wie kann sie nur so ausrasten?

Drinnen tobte Sofia schon glücklich auf der Couch herum. Der Tisch war übersäht mit Süßigkeiten, Kinder DVDs lagen startklar vor dem Fernseher und überall lagen kunterbunte Luftballons. Isabell macht sich aber auch immer eine riesen Mühe, um die Kinder glücklich zu machen. Deshalb war sie bestimmt so enttäuscht, als Ben nicht bleiben wollte.

Isabell kam aus der Küche und gab Ben ein Glas Wasser. „Trink einen Schluck, Ben. Es tut mir leid. Ich habe mich doch so sehr auf

Euch gefreut." Ben trank, setzte sich auf das Sofa und schaute mich unglücklich an. Der kriegt sich schon wieder ein, dachte ich bei mir und winkte Isabell in die Küche. Sofia sagte „Papa Max, Mama wartet. Schnell." Recht hatte sie.

Isabell entschuldigte sich eilig noch einmal bei mir für den falschen Ton vorhin, sie ist halt auch aufgeregt wegen dem Heiratsantrag und wünscht sich so sehr, dass alles glatt läuft und so verabschiedete ich mich, wünschte den Kindern viel Spaß und war in Gedanken schon wieder bei meinem Antrag, der gleich mein Leben verändern würde.

Charlie

Echt seltsam, Max hatte noch nie solche Machoallüren. Es kann ja mal passieren, dass man sich einsaut, aber dann wäscht man sich die Klamotten doch selber, oder? Diese Seite kannte ich noch gar nicht an ihm. Ich war so perplex, dass ich seine Hose nahm und brav, hausfrauenlike in den Keller zum Waschbecken ging und die Milch herauswusch. Der Wäschetrockner drehte seine Runden. Als ich wieder nach oben kam, war das Haus leer. Ich rief, aber niemand war da. Aha, ich wusste ja, da ist irgendetwas im Anmarsch.

Also setzte ich mich mit meiner Kaffeetasse in der Hand an den Esstisch und wartete auf die Dinge, die da kommen würden und sie kamen. Beziehungsweise er kam. Max.

Grinsend betrat er die Küche, nahm meine Hand und sagte ich solle keine Fragen stellen. Die Kinder seien gut versorgt und ich soll nur ein paar Sachen für eine Übernachtung zusammenpacken. Ich liebe Überraschungen!

Also flitzte ich los, packte ein paar Sachen ein, schick leger, sportlich, alles war dabei, Zahnbürste und Co und wenige Minuten später kam ich die Treppe wieder herunter. Max empfing mich breitgrinsend mit meinem Schal in der Hand. Er verband mir die Augen, führte mich lachend aus dem Haus und verriet mir nicht das kleinste Detail, obwohl ich wirklich viele Fragen stellte. Max schloss die Haustür ab, sah meine stolpernden Versuche heile zum Auto zu gelangen, nahm mich laut lachend auf den Arm und trug mich das Stückchen. Dann setzte er mich ins Auto, wo ich mir beim Einsteigen den Kopf anschlug und wild fluchte, aber Max lachte nur entschuldigend und ich konnte ihm einfach nicht böse sein.

Also fuhren wir los. Also Max fuhr. Ich saß aufgeregt daneben. Aber auch Max schien aufgeregt zu sein, denn er hatte ganz feuchte Hände.

Irgendwann hielt Max an. Vorsichtig lotste er mich aus dem Auto über einen Kiesweg. Der Kies knarzte. Vögel zwitscherten und die Sonne wärmte meinen Rücken. Dann änderte sich der Fußboden. Holz. Eine Brücke? Es klang hohl. Wir blieben stehen und Max nahm den Schal ab. Ich blinzelte. Es war so hell. Wir standen vor einem Boot. Besser gesagt eine Yacht. Weiß strahlend, glänzend lag sie da. Max sprang behände an Bord und reichte mir seine Hand.

Ich bin begeistert.

Was für eine Überraschung! - Traumhaft.

Isabell

Ich zittere am ganzen Körper. Fast hätte mir dieser kleine Hosenscheißer einen Strich durch die Rechnung gemacht. Dabei habe ich mich schon seit Wochen auf diesen Tag, diese Nacht, gefreut. Endlich wieder alleine mit meinem kleinen, blonden Jungen zu sein. Ihn mit einer Mischung aus Schmerz und Liebe zu empfangen, mit ihm zu spielen.

Zum Glück hat Max, der Idiot, mir geglaubt und die beiden Kinder dagelassen. Wie leichtsinnig von mir den Jungen so anzubrüllen. Manchmal klinkt bei mir etwas aus. Offensichtlich. Sofia habe ich vor den Fernseher gesetzt, ihr ein Schlafmittel gegeben, dass sie für die nächsten 18 Stunden tief schlummern lässt und anschließend oben in ihr Reisebettchen gelegt. Ben hat bereits von dem einen Schluck Wasser, „Wasser!" ich lache laut auf, „Spezialwasser!" genug und konnte sich nicht mehr rühren. Vorsichtig gebe ich ihm noch eine Spritze in die Kniekehle, wo niemand die Einstichstelle sieht und seine Augen werden milchig trüb. Später wird er sich an nichts mehr erinnern können.

Ich ziehe erst mich und dann Ben aus, genieße unseren Anblick im Spiegel, mache beruhigende Musik an, streichele ihn und genieße es meine Zeit mit ihm zu verbringen. Meine kleine Marionette. Sein Anblick macht mich verrückt und wütend. Schon lange habe ich nicht mehr gespielt. Ein wenig habe ich Angst die Geduld zu verlieren und es zu übertreiben. Schließlich darf niemand seine Wunden sehen, aber ein bisschen verletzten werde ich ihn. Ich muss mir nur eine gute Geschichte ausdenken. Lächelnd schiebe ich das Skalpell über seine zarten Arme. Diese ständigen Schnitzunfälle von Kindern aber auch. Vielleicht wollten wir Stöcke schnitzen, um Marshmallows zu grillen und der arme kleine Ben war so unvorsichtig. Genau so war es bestimmt. Beruhigt schneide ich in das rosafarbene Fleisch.

Max

Die Sonne lacht, die Wolken von heute Morgen haben sich verzogen. Als Charlie das Boot sieht, ist sie hin und weg. Schnell schiebe ich den Gedanken an das teure Schiff und mein klägliches Lehrergehalt beiseite. Sie ist es wert einen ausgefallenen Antrag zu bekommen und ich, ganz Gentlemen, helfe ihr an Bord zu kommen. Ihre Augen strahlen. Sie fällt mir um den Hals und küsst mich. Schnell hole ich unsere Sachen an Deck, während Charlie bereits unter Deck die Kabinen begutachtet. Sie schreit vor Freude auf, als sie die Kapitänskajüte mit dem riesigen Bett und dem angrenzenden Badezimmer sieht.

Puh, alles richtiggemacht, Max.

Ben

Diese Kopfschmerzen. Ich weine. Ich will zu meiner Mami. Mein linker Arm tut weh. Mein ganzer Körper eigentlich. Habe ich Blasen an den Füßen? Habe ich zu kleine Schuhe angehabt? Ich liege im Bett. Im Gästezimmer von Isabell. Weiße Bettwäsche. Das Kopfkissen ist leicht feucht. Ich habe Angst, zu laut zu weinen, denn ich will nicht, dass Isabell reinkommt. Sofia liegt an der anderen Wand des hellen Zimmers in ihrem Reisebettchen und schläft noch. Ich habe Angst. Was haben wir gestern gemacht? Wie komme ich ins Bett? Ich weiß nur, dass ich plötzlich so schrecklich müde war. Aber wovon? Am liebsten würde ich mich rausschleichen und nach Hause laufen, aber ich bin doch Sofias großer Bruder und muss sie beschützen. Doch wovor?

Warum fühle ich mich immer so schlecht, wenn ich bei Isabell bin? Haben wir gestern einen Film geguckt? Ich kann mich an nichts erinnern. Mein Magen knurrt. Ich habe Hunger. Was haben wir gestern gegessen? Wieder gähnende Leere. Leise Schritte vor der Tür. Ich ziehe die Bettdecke über mich und stelle mich schlafend. Die Tür geht auf. Jemand kommt herein. Kommt zu meinem Bett. Setzt sich neben mich. Ich möchte schreien, aber ich beiße mir auf die Zunge und konzentriere mich mit aller Kraft, um ruhig weiter zu atmen und mich schlafend zu stellen.

Der Geruch. Widerlich süß. Es ist Isabell. Sie streicht mir über die Wange. Gänsehaut. Ich merke wie mir langsam schlecht wird. Ich beiße fester auf meine Zunge und spüre den Geschmack von Eisen, als sie anfängt zu bluten. Zum Glück geht Isabell wieder hinaus. Gerade rechtzeitig, um mich aufzurichten und auf den Boden zu kotzen. Sofia wird wach und weint. Ich versuche sie zu trösten. Zum Glück klappt es und sie schläft wieder ein. Ich schleiche mich ins Badezimmer und wische mein Erbrochenes weg. Ganz, ganz leise ziehe ich Sofia an, dann mich.

Isabell ist in der Küche. Die Musik ist laut, sie deckt den Tisch. Ich packe Sofia, die seltsamerweise nicht trotzig ist und keine Fragen stellt und renne mit ihr aus dem Haus. Isabell merkt nichts. Erst bei uns Zuhause angekommen, als ich es geschafft habe, Sofia die Strickleiter zum Baumhaus hochzuwuchten und die Leiter hochgezogen habe, damit niemand uns hier stört, breche ich in Tränen aus. Sofia versteht nicht, was mit mir los ist und das ist auch gut so. Ich gebe ihr meine Plastiktiere zum Spielen, die sind sonst für sie tabu und sie ist zufrieden. Ich rolle mich schluchzend zusammen. Isabell sehe ich aufs Haus zugehen. Sie ruft nach uns. Sofia halte ich den Mund zu. Hier kommt sie nicht rauf. Hier sind wir sicher.

Hoffentlich kommt Mami bald nach Hause.

Charlie

Max sieht zum Anbeißen aus in seiner weißen Short, den blauen Chucks, der Fliegersonnenbrille und dem coolen Shirt unter dem seine Muskeln sich abzeichnen. Braungebrannt, sportlich, die langen Beine, männlich behaart. Ich genieße den Fahrtwind vorne auf dem Deck auf einer dicken Matratze liegend, während Max das Schiff gekonnt durch die Insellandschaft des Missouri lenkt. Das Wasser spritzt leicht und ich genieße die Abkühlung. Als wir anhalten kann ich es gar nicht fassen. Max wirft den Anker. Wir sind allein. Eine kleine Bucht im Missouri River. Einsam. Nur wir und das Boot. Sanfte Wellen schaukeln uns. Max kommt mit einem Picknickkorb bewaffnet zu mir nach vorne. Er lächelt glücklich, aber er wirkt nervös. Er kniet sich ganz plötzlich vor mich hin, ich schaue nach unten, weil ich denke, er hat etwas verloren und möchte es aufheben, aber da liegt nichts. Da schießt es mir durch den Kopf. Er nimmt meine Hände in die seinen, sieht mir tief in die Augen. Wo hat er seine Brille gelassen? „Charlie, Dani, Liebe meines Lebens. Die letzten 2 Jahre mit Dir und Deinen tollen Kindern waren unglaublich. Niemals habe ich daran geglaubt, dass es so schön sein könnte einen Menschen zu lieben, sich zu öffnen und füreinander da zu sein. Ich wünsche mir, dass dieses Gefühl noch viele, viele Jahre bleibt. Ich möchte Teil Deiner Familie werden, Dich beschützen und beglücken bis ans Ende meines Lebens. Möchtest Du mich heiraten?"

Isabell

Dieses kleine Arschloch, Ben. Erst macht er einen Aufstand, weil er nicht bei mir übernachten will, heult rum wie ein Baby und dann darf ich mich noch nicht einmal an ihm austoben, sondern muss ganz vorsichtig sein. Und dann verpisst er sich einfach mit seiner kleinen Schwester. Dabei habe ich so ein herrliches Frühstück vorbereitet. Keine Ahnung wo er hin ist. Vielleicht bei James, diesem alten, neugierigen Kauz, oder bei einem Kumpel? Was sage ich nur Max und Charlie? Vielleicht das beide Kinder schlecht geträumt hatten und ich sie nicht beruhigen konnte. Das sie einfach abgehauen sind und sie Ben bestrafen sollen. Einfach so abzuhauen. Einen Grund hat er ja nicht. Ich bin richtig wütend und starre aus dem Küchenfenster auf die Straße. Meine Hände beben und mein Atem geht hektisch. Mist. Ich muss mich konzentrieren.

Aber:

Ich will spielen. Nach meinen Regeln! Sofort!

Jacky

Ein Wächter hier in der Anstalt namens Dirk macht mir schöne Augen. Schon seit Wochen. Er ist neu hier. Jung, knackig und hat tolle braune Augen. Endlich ein kleiner Lichtblick in dieser Tristesse. Wenn seine Schicht vorbei ist, kommt er ab und zu bei mir vorbei, sitzt an meinem Bett und quatscht ein bisschen mit mir. Er erzählt von seinen verflossenen Liebschaften, seinen Kumpels, wo auf der Welt er schon war und was er noch für Pläne für die Zukunft hat. Das tut echt gut. Er ist zwar süß, aber nach Freundschaft steht mir wirklich nicht der Sinn.

Allerdings könnte er mir noch hilfreich sein. Also habe ich ihm vorhin gesagt, dass ich ihn total super finde und ihm meine Dienste angeboten. Körperlicher Natur. Da ich aber gefesselt und ruhiggestellt bin, und er Angst hat mir seinen Penis in den Mund zu stecken, ich könnte ja zubeißen, gönne ich es ihm mich zu ficken. Meine Beine sind eh breit und er braucht nur meine Hose hinunterschieben. Er entblößt sein gutes Stück und schiebt ihn in mich hinein. Irgendwie ist es sogar ganz nett. Er stöhnt ein bisschen laut und er riecht nach Schweiß, aber ich empfinde sogar ein wenig Lust dabei. Ihn befriedigt es jedenfalls total. Nach wenigen Minuten ist er in mir gekommen und ich reiße mich sogar dazu hin ihn zu küssen. Er verspricht mir, ab jetzt öfter zu kommen.

Max

Oh, was war ich aufgeregt. Immer wieder musste ich den Gedanken daran, was passieren würde, wenn sie meinen Antrag ablehnt, weit von mir schieben, sonst hätte ich mich nicht getraut sie zu fragen. Aber ich habe mich getraut. Sie hat damit gar nicht gerechnet, aber die Antwort kam wie aus der Pistole geschossen. „Ja!", sagte sie. Wir lagen einander im Arm. Die Freudentränen liefen uns über die Wangen und wir lachten gemeinsam. Das Gefühl ist unbeschreiblich. Der Verlobungsring gefiel und passte perfekt und sie nahm sofort das Handy und rief bei Isabell an, aber wir hatten keinen Empfang. Egal. Anschließend feierten wir bei einer Flasche Schampus und jeder Menge heißem Sex unseren Start in ein gemeinsames Leben. Ich bin so glücklich. Wenn ich sie so ansehe, schlummernd, ihren zarten, unwiderstehlichen Körper an mich geschmiegt, die Augen friedlich schlafend geschlossen und den Arm um meinen Bauch geschlungen, verspüre ich absolutes Glück. Liebe pur. Draußen ist es schon hell. Heute Mittag müssen wir die Yacht zurückgeben und dann feiern wir Zuhause erstmal unsere Verlobung. Freunde und Nachbarn sind schon informiert. Ich bin der glücklichste Mann der Welt.

James

Seltsam, erst rannten die Kinder, Sofia und Ben, wie vom Teufel gejagt an meinem Haus vorbei und kletterten hektisch auf ihr Baumhaus, was ich von meinem Küchenfenster aus gut sehen konnte und wenige Minuten später kam hektisch Isabell angelaufen. Mit hochrotem Kopf. Suchend. Ich wollte schon rausgehen und ihr sagen, wo die Kinder sind, aber irgendetwas hielt mich davon ab. Soll sie ruhig ein wenig suchen. Den Kindern geht es schließlich gut und Isabell mag mich eh nicht.

Max hatte mich gebeten die Vorbereitungen für die Verlobungsparty zu treffen, also trug ich Biertische und Bierbänke in den Garten der Clarks und ich war sehr froh, als dann Ben und Sofia aus dem Baumhaus kletterten und mir halfen.

Sie sagten, sie hätten keine Lust mehr auf Isabell gehabt und wären schon gespannt auf die Party. Da haben sie Isabell aber einen Streich gespielt. Einfach wegzulaufen. Naja, sie kennt sich halt nicht mit Kindern aus. Also machte ich mir keine weiteren Gedanken mehr.

Ich stellte den Grill auf, holte die Getränke und Grillgut aus meiner Garage, die Max bereits gestern dort eingelagert hatte, nahm Kuchen und Brötchen vom hiesigen Bäcker in Empfang. Die Kinder kamen sofort angelaufen und schlugen sich die Bäuche voll. Kinder halt. Haben immer einen Bärenhunger.

Nach und nach trudelten auch schon Freunde von Max und Charlie ein.

Als die zwei Frischverlobten mit dem Auto um die Ecke bogen, gab es ein riesiges Hallo! Ben und Sofia fielen ihnen schluchzend vor Glück in die Arme und Max und Charlie nahmen sie auf den Arm und drehten sich glücklich im Kreis.

Ich wünsche der kleinen Familie alles Glück der Welt.

Elias

Wieso habe ich mich nur mit Mama gestritten? Wieso musste ich fortlaufen? Ich lief bis zum Stadtrand und dann wollte ich mich auf das Freibadgelände schleichen und dort die Nacht verbringen. Sollte Mama mich doch suchen. Mit mir zu schimpfen, nur weil ich in der Schule so schlecht bin. Ich kriege die Zahlen halt nicht in meinen Kopf hinein. Keine Ahnung warum. Ich lerne doch, aber Mama versteht mich einfach nicht. Sie lässt mich nicht einmal ausreden. Das hat sie jetzt davon.

Ich wollte gerade über den Zaun klettern, als eine hübsche Frau mich ansprach. „Lass das!", sagte sie. „Wenn Du nicht sofort heruntersteigst, dann ruf ich die Polizei!" Also stieg ich herunter. Die Frau hatte blonde Locken wie ein Engel, lustige Augen und versprach mich nach Hause zu bringen. Ich brach in Tränen aus, weil ich nicht nach Hause wollte und sie doch fremd wäre und ich mit Fremden nicht mitfahren dürfte. Sie setzte sich neben mich auf den Bordstein, sah mich an und bat mich ihr zu erzählen, was mich bedrückte. Das tat ich. Sie war so lieb. Sie sagte, sie würde mit meiner Mami sprechen und dass sie einen Freund hätte, der Lehrer wäre und mir bestimmt kostenlos Nachhilfe geben könnte. Ich war so glücklich und stieg in ihr Auto. Endlich hörte mir jemand zu und behandelte mich nicht wie ein dummes Kind.

Als ich merkte, dass sie nicht in die richtige Richtung fuhr, glaubte ich noch daran, dass sie sich verfahren hätte, aber dann bremste sie, lächelte mich an und rammte mir eine Spritze ins Bein. Ihre Augen waren gar nicht mehr lustig, sondern sahen gruselig aus. Mir wurde heiß, dann kalt, dann schwindelig. Danach war alles dunkel.

Als ich zu mir kam, sah ich mich um. Ich konnte den Kopf nicht bewegen. Auch meine restlichen Körperteile nicht, aber meine Augen schwirrten hektisch umher.

Ich sah sie.

Meinen Engel.

Als dann langsam die Schmerzen kamen und ich sie genau ansah.

Diese Fratze, dieses Skalpell in der Hand, sie war nackt, da wusste ich, sie ist mein Todesengel.

Charlie

Ich, Charlie Clark, bin verlobt.

Ich kann es noch gar nicht fassen. Dabei wollte ich nie wieder einen Menschen so nah an mich heranlassen, aber die letzten Jahre waren wirklich phantastisch und ich werde ja auch nicht jünger. Ben braucht dringend einen Vater und ich eine tägliche Schulter zum Anlehnen. Verliebt schaue ich meinen Max an. Meinen Mann. In Gedanken schwirren Bilder umher von mir im Brautkleid, Max in einem schicken Anzug, Tauben, eine kleine mit rosafarbenen Blumen geschmückte Kapelle, Sofia in einem entzückenden kleinen Kleidchen mit dem Ringkissen in der Hand und Ben im Smoking mit vor stolz geschwellter Brust an meiner Seite, mich zum Altar führend. Das wäre ein Traum.

Als wir von unserem Bootsausflug zurückkommen, scheint es als wäre die ganze Stadt anlässlich unserer Verlobung in unseren Garten eingefallen. Lachende Gesichter überall, die uns gratulieren, Musik, Grillgeruch, ich schwebe auf Wolke 7. Selbst der Anblick von Ben, der mal wieder leicht lädiert ist, ein richtiger Junge eben, und mir weinend um den Hals fällt, reißt mich nicht in Traurigkeit, sondern ich freue mich über die Freudentränen meines Sohnes. Er hat sich Max so sehr als seinen Vater gewünscht. Herrlich!

Sofia drückt mich ganz fest mit ihren kleinen Ärmchen und sagt mir immer wieder wie sehr sie sich freut und ob wir morgen heiraten und ob sie ein Kleid kaufen darf.

Wir wirbeln unsere Kinder überschwänglich lachend umher. Wir sind eine Familie!

Als Highlight kommt dann mit riesigem Getöse eine Jazzband in den Garten gezogen, von Opa James als Überraschung organisiert und im nu verwandelt sich die Gesellschaft in eine ausgelassene Tanzmeute.

Max zieht mich an sich heran, kneift mir ein Auge und ich kneife ihm glücklich in den Po. Ja, es ist wahr!

Dies ist unser Tag. Der erste in einem neuen Leben.

James

Ich freue mich sehr, dass meine Überraschung mit der Jazzband so gut angekommen ist. Jahrelang war ich dort Mitglied. Ich habe Saxophon gespielt. 40 Jahre lang. Leider sind meine Finger mittlerweile zu steif um noch aktiv zu spielen, also sitze ich lieber auf meinem Lieblingsplatz auf den Stufen am Haus der Clarks, sehe die vielen lachenden Gesichter, die tanzenden Beine und lausche den geliebten Klängen meiner alten Band, während die Sonne sich langsam abendlich orange färbt. Es ist herrlich. Die Kinder toben herum. Es sind bestimmt 20 Kinder, die mittlerweile das Gelände unsicher machen. Sofia, die süße Maus sieht mich und setzt sich auf meinen Schoß. So genießen wir das bunte Treiben.

Wo Isabell nur ist?

Nach heute Vormittag habe ich sie nicht mehr gesehen. Vielleicht hatte sie einfach mal die Nase voll. Irgendwie eine seltsame Frau.

Ich meine, sie muss seltsam sein. Schließlich war sie jahrelang mit Gordon, dem Kindermörder zusammen.

Aber vielleicht wurde sie auch zu einem Notfall gerufen. Die Arztpraxis nimmt sie ganz schön in Beschlag und Isabell hat einen sehr guten Ruf als kompetente und einfühlsame Ärztin. Bei diesem warmen Wetter macht oft der Kreislauf einiger Leute schlapp und die nächste Klinik ist meilenweit entfernt.

Was ist das? Mein Blick schwenkt hinüber zu ein paar alten Eichen am Rand des Grundstücks. Da hinten steht ein Mann und starrt hier herüber. Groß, dunkle Haare. Der Schreck fährt mir in Mark und Bein. Ist das Gordon?

Jacky

So langsam bin ich es leid. Wie oft will Dirk, dieser sexgeile Wächter noch aus Angst vor mir die Fesseln dranlassen. Das Spielchen geht jetzt schon einige Monate. Die letzten Male habe ich ihn gar nicht mehr darum gebeten die Fesseln zu lösen. Es bringt ja eh nix. Er soll denken, ich genieße die Situation wie sie ist. Gerade hat er mich wieder gefickt und jetzt versuche ich es.

Wir küssen uns. Ich sehe ich seine Augen und bitte ihn ihm seinen Schwanz lutschen zu dürfen. Dass ich mich, seit ich ihn kenne, darauf freue ihn zu schmecken und ein ganz liebes Mädchen sein werde. Das ich auch niemandem erzähle, dass er sich an mir, einer Schutzbefohlenen vergeht. Es wäre ja nicht auszudenken, wenn es jemand erfährt und der arme Dirk seinen Job verlieren würde. Er fand das einleuchtend. Nahm mir die Fesseln ab, so dass ich von der Liege rutschen konnte. Ich kniete mich hin. Streichelte seine nackten Beine. Sofort reckte sich sein Penis mir entgegen. Ich streichelte ihn weiter. Dann zog ich mein Oberteil aus. Er sah zum ersten Mal meine großen Brüste und sein Geschlecht wuchs wiederholt. Er berührte meine Brüste und ich streichelte seinen Sack. Sein Penis war groß. Er roch noch nach mir. Vorsichtig liebkoste ich ihn mit meiner Zunge. Fuhr den Schaft hinauf bis zur Eichel, leckte ihn feucht und küsste ihn sanft. Langsam ließ ich ihn in meinen Mund gleiten. Tief in meinen

Rachen nahm ich ihn auf. Lecker. Wieder und immer wieder stieß ich ihn in mich hinein. Dirk genoss es sichtlich. Lusttropfen entronnen seinem guten Stück. Ich erhöhte das Tempo. Meine Vagina reagierte prompt. Ich war feucht wie nie. Vorfreude. Jetzt begann Dirk mir seine Hüfte entgegenzustoßen. Wild. Laut. Niemand hörte uns. Er wurde immer steifer und erreichte kurz vor dem Höhepunkt seinen vollen Umfang. Er beugte sich zurück, legte den Kopf in den Nacken. Ich schwitzte. War das geil! Als ich merkte, wie er mir in den Hals spritzte, biss ich ihm seinen Penis ab. Dirk bracht keuchend zusammen. Ich nahm den Penis, steckte ihn ihm in den Mund und wartete, bis er an seinem eigenen Saft erstickte.

Dann machte ich mich etwas sauber, zog mich an, nahm seinen Schlüssel, hievte ihn auf die Liege, zog mir seine Kappe tief in die Stirn und verließ freudestrahlend den Ort des Geschehens.

Charlie

Die Kinder dürfen nichts merken. Das ist mein einziger Gedanke momentan. Ich sitze im Badezimmer auf dem Fußboden und weine. Ich bin verzweifelt. Das Wochenende mit dem Antrag und allem war so wunderbar. Alle Sorgen unendlich weit entfernt. Es ist Mittwoch. Ich war gerade dabei Frühstück zu machen, die Kinder sind noch in ihren Zimmern und ziehen sich an, da lese ich es in der Zeitung: „Elias, 10 Jahre alt, seit 3 Tagen vermisst, im Rodeston-Forest aufgefunden. Leichnam wurde zerstückelt. Am Rücken des Jungen Spuren von Peitschenhieben und weiteren Misshandlungen. Gordon, der Jungenschreck, ist zurück!"

Der Wohnort des Jungen ist nur 20 Meilen von hier entfernt. Also um die Ecke. Seit 2 Jahren haben wir nun nichts von Gordon gehört. Es gab keine neuen Opfer und gerade an dem Tag unserer Verlobungsfeier verschwindet ein Junge. Wieso, Gordon?

Alte Ängste, die seit einiger Zeit ruhten, sind mit einem Mal wieder zurück.

Wir brauchen Schutz. Mehr als eine Alarmanlage.

Ich fahre gleich mit den Kindern zum Tierheim und hole einen Hund. Einen großen Hund.

Was soll ich nur Ben sagen? Am liebsten würde ich ihn keine Sekunde mehr aus den Augen lassen. Charlie, reiß dich zusammen. Ich sehe in den Spiegel. Scheiße sehe ich aus. Verheult. Rote, aufgequollene Augen. Wie können einige Menschen beim Weinen süß aussehen? Das ist mir unerklärlich. Ich feuchte einen Waschlappen an und drücke ihn mir auf die Augen. Es wird Zeit, dass Max hier einzieht. Für immer. Ich brauche ihn hier bei mir. Ich gehe zum Handy und rufe ihn an. Er kommt sofort, nimmt mich in den Arm. Mein Beschützer. Er meldet sich krank und auch Ben und Sofia bleiben hier.

Aber wir sagen ihnen nichts. Sie denken es gibt eine Überraschung. Gemeinsam fahren wir zum Tierheim. Natürlich nicht, ohne vorher die Alarmanlage einzuschalten.

Als wir 2 Stunden später nach Hause kommen, sind wir zu fünft. Ben, Sofia, Max, ich und ein großer Riesenschnauzerrüde mit dem Namen Gonzo. Lieb, tapsig, riesig und hoffentlich furchteinflößend. Ben hatte ihn sofort ins Herz geschlossen und Max und Gonzo hatten auch eine tolle erste Begegnung: Gonzo sah Max, sprang an ihm hoch, legte ihm die Vorderpfoten auf die Schulter und leckte ihm durchs Gesicht. Die Dame vom Tierheim war ganz erstaunt, denn eigentlich mag Gonzo keine Männer. Perfekt!

Isabell

Es war gar nicht so einfach ungesehen in mein Versteck zu kommen. Der Garten von Charlie war voll von Menschen. Also musste ich mit dem Jungen noch 2 Stunden im Auto sitzen, bevor ich es wagen konnte die Bodenluke unter den Eichen zu öffnen und mit dem Jungen in meinem Geheimversteck, einem alten Bunker, zu spielen. Es war wundervoll. Endlich wieder tun zu können was ich wollte. Er hat gezappelt und geweint, geweint und gezappelt, gebettelt, zwischenzeitlich im Wahn gedacht ich wäre ein Engel, Minuten später mich für seine Mami gehalten. Mal hat er den Schmerz genossen, dann ist er ohnmächtig geworden vor Schmerz. Also habe ich ihn betüddelt und gepflegt, bis er wieder einigermaßen klar war. Dann haben wir gekuschelt und jede Menge gespielt. Als ich ihn dann beseitigt hatte, wuchs wieder die Leere in mir. Ich dachte an Ben. Wenn ich doch nur ein einziges Mal so schön mit Ben spielen dürfte.

Ich war schon einmal geflohen. Nach Bolivien. Zu einem freiwilligen sozialen Jahr. Klaro war das nur ein Vorwand. Die Spuren der Polizei kamen mir zu nah! Das ich nicht lache. Wegen Gordon bin ich aber dann doch zurückgekehrt. Er bot mir ein perfektes Alibi. Wer achtet schon auf die Frau eines Kinderschänders? Vielleicht sollte ich so etwas wiederholen.

Weg von hier! Einfach mal ein wenig Gras über die Sache wachsen lassen. Vorher aber natürlich würde ich mir Ben schnappen. Dieses herrliche, blonde Haar das ständig nach frischem Gras duftet, dieselben Hände wie bei meinem Brüderchen. Diese ehrlichen Augen, die Sommersprossen, die besonders an heißen Tagen hervorkommen und dieses kleine Popöchen. Oh, ich hasse ihn dafür, dass er mich so anzieht.

Oder ist das Liebe?

Inspektor Miller

Ich bin extra mit dem Flieger aus Boston angereist. Ein Notfall. Charlie ist in Gefahr. Auch die Kollegen vor Ort sind in Alarmbereitschaft und haben den Personenschutz der Clarks wiederaufgenommen. Allerdings sollen wie sich unauffällig verhalten, damit Charlie nichts merkt.

Zum einen haben wir den Verdacht, dass Gordon wieder in Helena und Umgebung sein Unwesen treibt und über kurz oder lang mit Charlie und/oder Isabell in Kontakt treten wird, und zum anderen ist Jacky aus der Klinik entflohen, in der sie wegen Mordes und Freiheitsberaubung von Charlie und Ben saß. Jacky ist gefährlich. Noch immer. Das hat uns die Art des Ausbruchs gezeigt. Ein Wächter wurde regelrecht hingerichtet und wir befürchten, sie hat noch eine offene Rechnung mit Charlie. Es wird nicht lange dauern und sie findet heraus, wo Charlie unter neuem Namen untergetaucht ist. Ich muss sie warnen und beschützen!

Charlie

Gonzo ist ein wirklich lieber Kerl. Okay, wir müssen uns erst noch an das Leben mit Hund gewöhnen. Er frisst wirklich viel, braucht eine Menge Auslauf, stinkt ein wenig und verliert am laufenden Band ekelige Zecken. Außerdem blockiert er eine ganze Couch im Wohnzimmer. Aber er gibt uns ein Gefühl der Sicherheit. Er knurrt und bellt den Postboten an und jeden, der auf unser Grundstück kommt, ist aber total lieb zu den Kindern. Gestern hat die kleine Sofia auf ihm gesessen und Pony gespielt. Ein Bild für die Götter! Er ist sehr geduldig und weicht Ben und Sofia nicht von der Seite.

Entweder ist er versessen auf Kinder, oder auf die Essensreste, die sie bei jedem Schritt verlieren...

Max versucht gerade sein Haus zu verkaufen und renoviert es innen ein wenig, um einen höheren Preis erzielen zu können. Manchmal kommt er abends gar nicht zu uns, sondern übernachtet in seinem Haus. Dann bin ich froh, dass ich zu meinen Kindern ins Bett schlüpfen kann, denn ich fühle mich dann sehr alleine. So sehr habe ich mich daran gewöhnt gemeinsam einzuschlafen. Durch den letzten Jungenmord haben wir unsere Hochzeitspläne erstmal unterbrochen.

Max versteht es zwar nicht so ganz, er wäre lieber heute als morgen mit mir verheiratet, aber ich kann nicht Friede, Freude, Sonnenschein spielen und meine Traumhochzeit planen, wenn ich weiß, dass mein ehemals bester Freund sich in der Nähe herumtreibt und Kinder umbringt.

Heute Mittag dann bekam ich eine neue Hiobsbotschaft. Gonzo lag im Flur und ich bügelte im Wohnzimmer und schaute dabei meine Lieblingsserie Game of Thrones, da hob Gonzo den Kopf und knurrte leise. Jemand hatte also unser Grundstück betreten. Ich sah auf den Monitor der Alarmanlage und erkannte Inspektor Miller sofort. Das kann nichts Gutes bedeuten, dachte ich erschrocken, und ich sollte Recht behalten.

Ich zeigte Gonzo, dass von Inspektor Miller keine Bedrohung ausgehen würde und Gonzo ließ grunzend seine langen Beine wieder auf den kühlen Dielenboden plumpsen. Inspektor Miller bot ich etwas zu trinken an, ich räumte schnell das Wäschechaos an die Seite, obwohl er es für unnötig empfand, aber ich fühle mich wohler, wenn alles nett aussieht. Also nahmen wir Platz. Inspektor Miller im Sessel und ich auf dem Sofa. Er sah sehr ernst aus und berichtete mir von den neusten Geschehnissen in Boston und seinen Befürchtungen. Außerdem sei der Polizei berichtet worden, dass hier bei mir vor dem Haus ein Mann gesehen worden sei, auf dessen Beschreibung Gordons Aussehen passen würde.

Das alte Zittern in meinen Händen war sofort wieder da und beim Gedanken an Jacky fing meine Schläfe an zu pochen und forderte schreckliche Kopfschmerzen zutage. Jacky.

Hört dieser Albtraum denn nie auf? Diese irre Person. Wieso holen mich die alten Geister immer wieder ein? Wieso darf ich nicht einfach glücklich werden? Tränen liefen über mein Gesicht, ich wollte laut schreien, konnte aber nicht, ich wollte nicht mehr weitermachen. Ich wollte keine Angst mehr haben. Aber die Angst war da. Größer als jemals zuvor. Wie soll ich meine Kinder beschützen? Da kam der Nervenzusammenbruch. Es war einfach zu viel.

Inspektor Miller machte sich große Sorgen um mich, weil ich nicht mehr ansprechbar war und nur noch vor und zurück wippend auf der Sofakante saß, und rief einen Arzt. Isabell kam.

Isabell

Als mich Inspektor Miller anrief, bekam ich einen Riesenschreck, denn ich dachte, er hätte Indizien gefunden, die mich in irgendeiner Weise belasten könnten. Als ich dann hörte, dass Charlie Hilfe brauchte, war ich sehr erleichtert und fuhr schnell zu ihr nach Hause. Sie bot einen erschreckenden Anblick. Also jedenfalls für normale Menschen, denn ehrlich gesagt, habe ich schon extremere Verzweiflung gesehen, aber in Charlies Blick sah ich ein bisschen Todesangst. Einen kurzen Augenblick genoss ich diesen Anblick, dann aber eilte ich zu ihr, legte sie hin, lagerte die Beine hoch, legte ihr ein kuschliges Kissen unter den Kopf und gab ihr eine Beruhigungsspritze. Ein paar Minuten, und sie ist wieder etwas ruhiger und aus ihrer Apathie befreit.

In der Zwischenzeit erzählte mir Inspektor Miller von seinen Sorgen. Gordon ist also noch verdächtig. Ich kicherte in mich hinein. Schließlich hatte ich Gordon eigenhändig getötet, anschließend im Missouri versenkt und niemand würde ihn je finden. Solange er nicht gefunden wird, gibt es auch keinen Grund für mich unruhig zu werden.

Die Sache mit Jacky machte mich schon etwas nervös. Ich habe sie zwar nie live erlebt, aber allem Anschein nach, muss sie eine ziemlich kranke Person mit einer grausamen Phantasie sein. Wir haben wirklich viel gemeinsam.

Allerdings bin ich mir sicher, dass sie Charlie hier in Helena schnell finden wird, denn seit bekannt ist, dass Gordon hier in Helena Jungen ermordet und Charlie mit Gordon befreundet war, er sogar der Taufpate ihrer Tochter ist, ist Charlies Tarnung aufgeflogen.

Das könnte noch spannend werden.

Inspektor Miller

Charlie tut mir wirklich leid. Sie kämpft wie eine Löwin für ihre Freiheit und für ein glückliches Leben mit ihren Kindern. Gerade hat sie sich verlobt und immer dann, wenn sie sich einem Mann nahe fühlt, passiert etwas Schreckliches.

Leider kann ich nicht hierbleiben, um für ihre Sicherheit zu sorgen. Ich kann nur die Sicherheit des Hauses überprüfen:

- Wachhund – super
- Alarmanlage – super
- Kameraüberwachung - super

Alle Fenster und Türen mit Mehrfachverriegelung – perfekt!

Wenn dazu dann noch die Kollegen der hiesigen Polizei Streife fahren, einen 24 Stunden Polizeischutz haben wir leider nicht genehmigt bekommen, müssten sie eigentlich sicher sein. Eigentlich.

Als dann Max eintrifft und mir bestätigt, dass er bald hier einzieht und eine fundierte Kampfsportausbildung hat, bin ich etwas beruhigter.

Isabell, sowie die Nachbarn werden auch ein beschützendes Auge auf die kleine Familie werfen.

Hoffentlich geht alles gut.

Max

Bisher fühlte ich mich noch von Charlies alten Geistern nicht allzu betroffen. Ich wusste zwar, was Ben und Charlie mitgemacht haben, hatte sehr viel Mitleid mit ihr und ich kannte ja auch Gordon, den Jungenschreck, ein wenig, aber nun ist Jacky frei. Das Monster auf freiem Fuß. Vor Jacky habe ich wirklich Angst.

Nicht sonderlich um mich, aber um Charlie, Ben und Sofia. Sie sind meine Familie und der Inspektor klang sehr besorgt und ziemlich sicher, dass Jacky Rache üben will.

Hoffentlich kriege ich mein Haus bald fertig, so dass ich es verkaufen kann und dann lasse ich meine Lieben nicht mehr aus den Augen.

Zum Glück bin ich durch meine jahrelange Judoausbildung ein guter Kämpfer, aber ehrlich gesagt habe ich noch niemanden außerhalb der Judomatte schlagen müssen und ich hoffe auch, dass es niemals dazu kommen wird. Zum tausendsten Mal heute schiebe ich meine Brille nach hinten. Ein blöder Tick und Charlie sieht mir an, dass ich aufgeregt bin. Dabei muss ich stark sein für sie. Für uns. Ich nehme sie in den Arm. Sie genießt es sehr, nicht alleine mit der Situation zu sein, aber ich spüre auch, wie die alten Erinnerungen nagen. Jetzt liegen wir hier gemeinsam auf dem Sofa. Eingemummelt in eine kuschelige weiße Decke. Sofia schläft. Ben höre ich in seinem Zimmer noch mit

seinen Superheldenfiguren reden und Charlie ist endlich eingeschlafen. Ich zappe durch das Fernsehprogramm. Da wird von Jackys Ausbruch berichtet. Zum ersten Mal sehe ich ihr Gesicht. Riesige Augen,
strähniges Haar und dieser Blick. Als ob sie mich direkt durch den
Fernseher hindurchsehen kann. Dieser Frau würde ich alles zutrauen.

Hoffentlich treffe ich sie niemals persönlich.

James

Ich habe der Polizei gemeldet, dass ich Gordon auf der Verlobungsparty gesehen habe. Die Polizei hat mir versichert, die Familie Clark nicht mehr aus den Augen zu lassen und meinen Hinweis sehr ernst genommen. Seltsam, vor einiger Zeit haben mich alle als irren alten Sack abgestempelt, der mal wieder zu tief ins Glas geguckt hat, wenn ich etwas gemeldet habe, aber jetzt wird mir geglaubt. Ich habe Lebensqualität gewonnen und trinke seit einem Jahr nie mehr als 2 Bier pro Abend und der Abend fängt nicht schon mittags an. Ich gehe in den Schachclub, ich bin echt gut mittlerweile, und einmal in der Woche gehe ich in den örtlichen Männergesangsverein. Endlich habe ich die sozialen Kontakte, die ich mir immer gewünscht habe. Ben kommt gerne zu mir rüber und wir bauen in meiner kleinen Werkstatt etwas zusammen. Letzte Woche haben wir ein neues Vogelhäuschen gebaut. Der Junge ist echt geschickt und als nächstes bauen wir einen Fledermauskasten, denn abends huschen hier viele dieser unheimlichen kleinen Viecher durch die Luft. Ben möchte es gerne an seinem Baumhaus aufhängen, um die Fledermäuse zu beobachten und mit einem Schulreferat Punkte zu sammeln.

Heute Abend bin ich drüben zum Abendessen eingeladen. Es gibt Frikadellen mit Kartoffelsalat. Charlie ist eine gute Köchin. Na okay, ihr Kartoffelsalat ist nicht so gut, wie meine Rosie ihn immer gemacht hat, aber auf jeden Fall lecker. Max rief mich an, um mich für heute Abend zum Essen einzuladen und er erzählte mir das Jacky geflohen ist und dass die Polizei jetzt besonders gut auf Charlie und die Kinder aufpasst.

Ich traue mich gar nicht ihnen zu sagen, dass ich Gordon auf der Verlobungsparty gesehen habe.

Tag und Nacht werde ich auf sie aufpassen. Und wenn es das letzte ist, was ich tue!

Charlie

Mittlerweile sind 2 Wochen vergangen, seitdem Inspektor Miller hier war und uns die Info über Jacky gebracht hat. Anfangs sahen wir sehr oft zivile Polizisten vor unserem Haus Streife laufen, aber das hat stark nachgelassen. Max nimmt Ben jeden Morgen mit zur Schule und bringt auch Sofia in den Kindergarten. Ich gehe ohne Begleitung nicht mehr aus dem Haus. Entweder Opa James, Isabell oder Max begleiten mich. Ich fühle mich etwas doof dabei und auch total eingeschränkt, aber die Angst lässt mich diesen Zustand akzeptieren.

Gonzo wird zweimal am Tag in den Garten gelassen und dreht dort seine Runden. Es ist herrlich zu sehen, wie glücklich er umherspringt. Er bringt oft riesige Stöcke von seinen Streifzügen mit und legt sie mir vor die Haustür, er möchte mit mir spielen, aber ich traue mich nicht das Haus alleine zu verlassen.

Heute früh habe ich mich mit Max gestritten. Naja, es war eher eine Meinungsverschiedenheit. Er glaubt nicht daran, dass Jacky es auf uns abgesehen hat, aber er kennt sie ja auch nicht. Auch glaubt er nicht daran, dass Gordon uns gefährlich werden könne. Manchmal habe ich das Gefühl er versteht mich nicht. Als rede ich vor eine Wand. Wie kann er runterspielen wie groß meine Angst ist?

Immer wieder kommt er auf das Thema Hochzeit zurück. Immer wieder versucht er mich mehr oder weniger direkt davon zu überzeugen, dass wir schnellstmöglich heiraten sollen.

Aber warum?

Was läuft uns denn davon, wenn wir abwarten wie sich die Dinge entwickeln, und dann vielleicht im nächsten Sommer heiraten. Der Herbst steht vor der Tür. Das schöne Wetter hält vielleicht nur noch wenige Wochen an und dann wird es schlagartig Winter. Kalt und neblig hier zwischen den Bergen. So ein Wetter habe ich mir nie für meine Hochzeit vorgestellt. Ich möchte eine Gartenparty, Sonne, blühende Pflanzen im Hintergrund und am allermeisten möchte ich einen klaren Kopf für die positiven Gedanken, die eine Hochzeit, der schönste Tage in meinem Leben, doch sein soll. Max sagt zwar er hat Verständnis, aber dann fängt er zwei Tage später wieder an. Von wegen vielleicht erstmal standesamtlich heiraten und kirchlich dann nächstes Jahr. Manchmal bin ich mir gar nicht sicher, ob mein Jawort zur Verlobung nicht etwas zu spontan war. Ja, ich liebe Max, aber reicht das? Anscheinend kann er mit meinen Altlasten doch nicht so gut leben. Das macht mich echt traurig.

Die düsteren Gedanken spiegeln sich auch in meiner Arbeit wider. Bisher schrieb ich Kindergeschichten, die lustig und überraschend und ansteckend phantasievoll waren, aber momentan wird mein Fantasyroman wohl doch eher etwas für ältere Jugendliche werden. Ich schreibe ziemlich viel über dunkle Ängste und Schrecken und wie es ist eingesperrt zu sein. Wie es sich anfühlt hilflos zu sein. Aber es hilft mir ein wenig alles rauszulassen, was mich beschäftigt und mein Verleger hat mich beruhigt. Ich soll einfach drauflos schreiben und wir sehen dann gemeinsam weiter, was dabei herauskommt.

Hoffentlich wird Jacky geschnappt. Bisher hat die Polizei keine Spur von ihr. Ich hoffe, die Gefahr ist noch weit entfernt, aber wer weiß besser als ich wie grausam Jacky ist. Ich muss meine Beine auf die Couch drücken, denn meine Muskeln spielen wieder verrückt und lassen meine Beine eigenmächtig auf und nieder hüpfen. Ich darf jetzt bloß nicht die Nerven verlieren. Wir schaffen das schon.

Max

Inmitten von Farbeimern und Stuckleisten sitze ich hier auf dem Boden meines Hauses. Das Obergeschoss ist frisch herausgeputzt und nur noch das Wohnzimmer, Flur und Küche im Untergeschoß sehen wüst aus. Eigentlich wollte ich schon längst mit meinen Arbeiten fertig sein, aber die ständigen Geleite von Charlie, zum Supermarkt, Friseur, Kinderarzt, zur Bank, Spazierengehen mit Gonzo und Elternabend im Kindergarten nehmen sehr viel Zeit in Anspruch. Nebenbei gehe ich auch noch meinem täglichen Job als Lehrer nach. Natürlich mache ich das gerne. Alles.

Ich liebe Charlie, aber sie gibt mir immer wieder das Gefühl nicht zu einhundert Prozent Teil des Ganzen zu sein, sondern nur Beiläufer.

Weil ich Jacky nicht kenne, nicht weiß wie es ist missbraucht zu werden, weil ich Pädagoge bin und kein Kriminalist oder Bodyguard. Ich fühle mich echt hilflos. Wie kann ich ihr deutlich machen, dass ich mittendrin sein möchte, mit allen Konsequenzen. Auch in Sachen Hochzeit hakt es im Moment. Charlie will heiraten, aber nicht jetzt. Sie kann mir genau sagen, was sie will, aber nicht wann. Ich will ja auf sie warten. Meinetwegen Jahre, wenn es sein muss, leider gibt sie mir oft das Gefühl, dass sie ohne mich besser dran wäre. Das ich nur eine weitere Person bin, auf die sie aufpassen muss, die sich durch die Nähe zu ihr in Lebensgefahr begibt. Dabei ist alles friedlich. Keine weiteren Morde, niemand hat Gordon gesehen. Jacky ist weiterhin verschollen. Kein Zeichen dafür, dass sie sich uns nähert, und wir könnten doch wenigstens versuchen ab und an glücklich zu sein. Dafür ist aber leider keine Zeit.

Ständig sitzt Charlie hochkonzentriert am Fenster und kontrolliert die Straßen. Sie ruft täglich bei der Polizei an um sich nach Neuigkeiten zu erkundigen. Ich habe ihr gesagt das mich das kirre macht und wir doch automatisch über jeden Fortschritt der Polizeiarbeit informiert werden. Sie glaubt mir leider nicht. Ben und Sofia spielen nur noch ruhig in ihrem Kinderzimmer. Sie spüren genau, dass etwas nicht stimmt. Aber was ist das für ein Leben das die zwei süßen Mäuse führen? Charlie sagt es muss sein und Priorität 1 ist Sicherheit. Irgendwie hat sie ja Recht, aber ich fühle mich hilflos und sogar schuldig, wenn ich die Kinder mit Späßen zum Lachen bringe, die die angespannte Situation unterbricht.

Ich habe vorhin mit Isabell gesprochen und sie meint ich soll Charlie klarmachen, dass sie unsere Liebe nicht vergessen darf, wir Zeit zu zweit brauchen. Isabell passt auch gerne auf die Kinder auf. Auch sagt Isabell, dass auch eine schnelle Hochzeit wundervoll sein kann, ich die Planungen übernehmen soll, um Charlie zu entlasten und das Isabell bei den Vorbereitungen hilft. Mal gucken, wie ich das Charlie verklickern soll. Ich befürchte, sie reißt mir den Kopf ab. Aber Isabell hat Recht. Wir können ja nicht ewig so vor uns hinvegetieren.

Mist, jetzt sind durch die ganzen Grübeleien 4 Stunden ins Land gegangen, in denen ich schon fast mit dem Flur hätte fertig sein können.

Isabell

Es kriselt im Paradies. Charlie und Max haben eine kleine Krise. Max will so schnell wie möglich heiraten. Charlie erst, wenn die Situation geklärt ist. Max möchte Zweisamkeit, Charlie möchte Sicherheit, dass nichts passiert und vor allem möchte sie ihre Kinder nicht alleine lassen. Max möchte zur Familie gehören, aber Charlie grenzt ihn aus. Er ist nur gut genug als Begleiter außerhalb des Hauses, aber Innen herrscht die heilige Charlie.

Vielleicht kann ich noch ein wenig das Feuer schüren und für meine Zwecke missbrauchen. Ich kichere. Missbrauchen ist genau das richtige Wort.

James

Ich glaube, noch nie in meinem Leben habe ich gekocht. Heute war die Premiere. Es gibt eine leckere Hühnersuppe. Seit dem frühen Morgen schon habe ich in der Küche gewerkelt. Gut, dass es Internetkochbücher gibt. Dort fand ich ein leckeres Rezept. Ob es bei mir lecker wird, wird sich noch herausstellen. Jedenfalls habe ich gestern alles Notwendige aus dem Rezept eingekauft. Ein Hühnchen, Suppengemüse, Nudeln und was man sonst noch so braucht. Gleich kommen Charlie, Max und die Kinder. Ich hoffe, es schmeckt. Zur Not habe ich noch Tiefkühlpizza in der Gefriertruhe. Also es riecht jedenfalls schon gut. Rosies Blümchenschürze sieht an mir zwar etwas befremdlich aus, aber ich fühle mich leicht stolz.

Oh, da kommen sie schon. Charlie lobt den guten Duft und alle setzen sich schon an den fertig eingedeckten Tisch. Sogar ein paar Blümchen habe ich besorgt. Max staunt und Sofia hat Durst. Alles scheint normal, aber irgendwas ist anders als sonst. Charlie und Max sitzen nicht nebeneinander. Sie halten nicht Händchen, sie suchen nicht den Blick des anderen. Sie reden zwar, über dies und das, aber ich habe weiß Gott viel in meinem Leben erlebt und ich weiß, wie eine Krise aussieht. Hoffentlich vertragen sie sich wieder. Sie passen doch perfekt zu einander.

Jetzt aber Mahlzeit!

Charlie

Seit unzähligen Minuten sitze ich hier am Küchenfenster, dick eingemummelt in meine graue Lieblingsstrickjacke, starre auf die menschenleere Straße und beobachte wie Regentropfen für Regentropfen auf der Holzveranda aufschlagen. Stupide. Es ist noch früh am Morgen.

Die Kinder und Max sind gerade aus dem Haus. Max hatte sie abgeholt und bringt sie nun in Schule und Kindergarten. Max hat letzte Nacht nicht hier geschlafen. Ich wollte das nicht. Gestern Nachmittag hat er wieder mit dem Hochzeitsthema angefangen. Er kam auf die Idee eine Überraschungshochzeit für mich zu veranstalten. Das heißt er plant mit Isabell alles und ich brauche nur am Tag X an Ort Y zu erscheinen. Ich habe ihm gesagt, dass ich das nicht möchte und noch ein weiteres Wort zum Thema Hochzeit und er kann Isabell oder sonst wen heiraten.

Was glaubt er eigentlich? Er erscheint mir plötzlich so fremd.

Nach dem Abendessen bei James ist die Situation dann leicht eskaliert. Ich habe ihm gesagt, dass ich an seinem Verstand zweifele. Ein Wort gab das nächste. Wie das halt so ist, wenn man Rot sieht. Er meinte, ich soll mehr Zeit mit den Kindern verbringen, anstatt ständig am Fenster oder Überwachungsmonitor die Gegend zu beobachten. Daraufhin habe ich ihn angeschrien, dass ich mir nicht unterstellen lasse eine schlechte Mutter zu sein, weil ich nämlich alles dafür tue, dass sie in Sicherheit sind. Dann habe ich ihn rausgeschmissen. Scheiße. Ich kann ihn ja auch verstehen, aber ich werde mich morgen bei ihm entschuldigen.

Heute bin ich einfach zu wütend für weitere Diskussionen und James holt mich heute Abend ab, um den Wocheneinkauf zu erledigen. Da habe ich also auch keine Zeit, um mir noch weitere Sorgen um Liebeleien zu machen. Die Familie geht vor.

Isabell

Manchmal denke ich, ich bin wie eine Drogensüchtige. Ein wenig von der Droge reicht nicht, je länger ich auf Entzug bin, desto größer muss die Dosis sein. Mein Verstand schaltet immer öfter aus und ich muss mich zusammenreißen meinen Alltag als normale Frau und Ärztin, Freundin und Nachbarin irgendwie zu überstehen.

Aber es wird mir alles zu viel. Oder besser gesagt zu wenig! Ich brauche mehr.

Opa James fährt heute Abend mit Charlie zum Einkaufen und ich bin bei den Kindern. So ein Zufall!

Ben

Sofia ist noch zu klein. Sie versteht noch nicht, was um uns herum abgeht. Mama und Max versuchen mich zu schützen und wollen mich nicht beunruhigen, aber ich weiß ganz genau was passiert ist. In der Zeitung habe ich gelesen, dass Jacky entlassen wurde. Das erklärt auch, wieso Mami nur noch Augen für die Überwachungskameras hat und ständig in ihrer Strickjacke herumfummelt, in der sich Pfefferspray befindet. Ich habe heimlich nachgesehen.

Aber wenn Mami nicht weiß, was ich alles weiß, dann braucht sie auch nicht traurig gucken, wenn sie mich ansieht und versuchen mir alles zu erklären. Ich bin ganz schön schlau.

Opa James ist gerade mit Mami einkaufen gefahren. Tante Isabell ist hier. Sofort sind meine Hände nassgeschwitzt und ich habe Angst. Isabell gibt mir dann immer etwas zu trinken, aber dieses Mal trinke ich es nicht. Ich tue nur so. Isabell lässt Gonzo in den Garten und bringt Sofia in ihr Zimmer. Erst quatscht Sofia noch vor sich hin, aber dann ist es ruhig. Seltsam. Sofia redet doch den ganzen Tag und es ist noch keine Schlafenszeit. Jetzt kommt Isabell die Treppe runter. Ich sitze schocksteif auf dem Sofa. Meine Augen sind halb geschlossen. Im Fernsehen läuft meine Lieblingsserie. Isabell sieht mich, grinst fies und ich traue mich nicht, mich zu bewegen. Was macht sie da? Sie zieht sich aus. Ich habe schon nackige Frauen gesehen. Mama und Sofia, aber Tante Isabell noch nie. Irgendwie kommt mir alles so bekannt vor. Tante Isabell geht zu ihrer Handtasche und holt eine Spritze heraus. Sie kommt auf mich zu. Bevor sie zustechen kann laufe ich weg. Isabell ist überrascht. Schreit und rennt hinter mir her. Woher kann sie so schnell rennen? Ich bin der schnellste Junge in meiner Klasse und doch zu langsam. Auf der 3. Treppenstufe trifft sie mich. Sie wirft sich mit dem ganzen Körper auf mich. Mein Kopf schlägt auf der Stufe auf und dann ist alles dunkel.

Isabell

Scheiße. Verdammt!

Wie kann ich nur so blöd sein. Der kleine Bastard hat bisher immer sein Betäubungsmittel geschluckt. Heute nicht. Ich könnte schreien vor Wut. Warum nur? Dabei war ich so vorsichtig. Mist. Diesmal hat er wohl nur so getan, als ob er trinkt. Ich hätte ihn genau beobachten sollen. Naja, jetzt hat er mich erkannt. Schnell ziehe ich ihn auf die Couch und suche nach der Spritze. Die Spritze wirkt nur wenige Sekunden rückwirkend auf das Erinnerungsvermögen ein. Ich hoffe es reicht. Kann ich das Risiko eingehen? Ich merke, wie mir schwindelig wird. Ich bin dabei alles zu verlieren, was ich mir aufgebaut habe. Ich lasse Ben schlafend auf dem Sofa liegen, ziehe mich wieder an, beseitige die Spuren, kühle Bens Beule an der Stirn und warte. „Tja, Ben, Du kleiner Idiot", sage ich zu mir. „Du hast mit deiner Aktion Deine ganze Familie gefährdet."

Ich sehe einen Schatten an der Terrassentür. Schnell decke ich Ben zu und drücke ihm die Fernbedienung in die Hand.

Dann gehe ich zur Tür. Sie steht leicht offen.

Gonzo reckt seine Schnauze hindurch und bellt laut. Ich beruhige ihn, schließe die Tür, aktiviere die Alarmanlage wie gewünscht, gebe dem bettelnden Gonzo ein Leckerchen, lasse ihn wieder das riesige Sofa besteigen und begnüge mich mit dem einzelnen Sessel.

Zum Glück hat Charlie 2 Sofas, sonst müssten die Menschen auf dem Boden sitzen, denke ich und grinse noch immer zitternd vor Enttäuschung.

Max

Ich konnte die ganze Nacht nicht schlafen. Immer wieder muss ich an den Streit zwischen Charlie und mir denken. Wie unnötig. Wieso kann ich ihr nicht die Zeit geben, die sie braucht? Wieso fange ich immer und immer wieder mit dem Thema Hochzeit an? Ich habe gerade Charlie auf dem Handy angerufen. Sie ging dran. Da war ich sehr erleichtert. Also spricht sie noch mit mir.

Sie ist gerade im Supermarkt. Morgen will sie mit mir reden. Morgen ist Samstag. Wir verabreden uns für 10 Uhr um zu reden. Gut hört sich ihr Tonfall nicht an, aber ich habe Hoffnung, dass es für uns noch nicht zu spät ist.

Also werde ich weiter an meinem Flur arbeiten. Morgen und Sonntag ist die Küche dran, nächste Woche dann das Wohnzimmer und für in 14 Tagen habe ich die erste Hausbesichtigung. Ich war sehr überrascht, aber die Maklerin hat schon einen Interessenten für mein Haus gefunden. Allerdings sollte ich besser vorher klären, ob ich nicht selber darin wohnen bleiben sollte.

James

Charlie war heute beim Einkaufen ganz schön durch den Wind. Sie vergaß die einfachsten Sachen. Ihre Handtasche im Auto, den Einkaufswagen zwischen den Gängen in der Obstabteilung, mich in der Elektrowarenabteilung und zu guter Letzt vergaß sie fast zu bezahlen. Arme Charlie. Ich versuche so gut es geht für sie da zu sein, aber in Sachen Liebe bin ich wohl nicht der beste Gesprächspartner. Ja, die Liebe kann manchmal kompliziert sein und Charlie hat ja auch schon eine Menge erlebt in ihrem Leben.

Vielleicht treffe ich mich am Wochenende mal mit Max auf ein Männergespräch bei einem frischgezapften, kühlen Bier. Das liegt mir eher.

Heute ist meine Lieferung angekommen. Ein Gewehr. Ein G3. Da wird mein eingestaubter Waffenschein doch noch zu etwas nutze. Ich weiß, Charlie mag keine Waffen und wenn sie wüsste, dass ich ein Gewehr bei mir im Haus habe, dann hätte sie bestimmt ein Problem damit, wenn Ben und Sofia mich besuchen kommen. Also halte ich lieber meinen Mund und passe weiterhin auf sie auf.

Als wir mit den Einkäufen nach Hause kamen, waren Ben und Sofia schon am Schlafen. Ben schlief vor dem Fernseher. Ich habe ihn schnell hoch in sein Bett getragen und er ist gar nicht dabei wach

geworden. Dabei hat sein Kopf einmal kurz den Türpfosten ge-
rammt. Ich hoffe, er kriegt keine Beule. Ich habe Charlie vorgewarnt,
aber sie meinte, Ben wäre ein Dickkopf und ich soll mir keine Sorgen
machen. Kind müsste man sein!

Charlie

Ich wache auf. Mein Kopf dröhnt. Immer diese blöden Kopfschmerzen. Aber am Morgen hatte ich sie schon lange nicht mehr. Das letzte Mal in meiner alten Wohnung im Haus meiner Eltern in Westwood.

Puh, ist das lange her. Vorsichtig massiere ich mit meinen kühlen Fingern die Stirn und öffne langsam die Augen. Aber wo bin ich? Erst jetzt merke ich, wie mein ganzer Körper schmerzt. Ich liege auf dem Boden. Kalter Fliesenboden. Nur eine kleine Kerze bringt etwas Licht. Diesen Raum kenne ich nicht. Neben mir ist eine Liege. Eine Metallpritsche. Uralt. Darauf liegt gefesselt Ben. Er ist nackt. Ein Verband ist um seinen kleinen Bauch gewickelt und ein großes Pflaster klebt auf seiner Brust. Kein Blut. Sein Oberkörper hebt und senkt sich langsam mit jedem Atemzug. Er lebt. Ich schreie auf. Versuche aufzustehen, aber es geht nicht. Meine Hände und Füße sind gefesselt. Wo ist Sofia? Ich höre ein dumpfes Klopfen und Weinen. Sofia! Ich robbe näher an das Geräusch heran und sehe in der Wand eine kleine Metallplatte. Ich hämmere mit dem Kopf dagegen. Auf der anderen Seite wird es ruhig. Ich rufe Sofias Namen. Sie erwidert "Mami!". Mein Kopf dreht sich, mir ist schwindelig. Ich schmecke Galle. Ich beruhige Sofia, aber wo ist sie? Wie ist es bei ihr da drin? Ist da noch ein Raum? Ihr Weinen hört sich dumpf an. Hoffentlich geht es ihr einigermaßen gut. Hilfe. Ich schreie um Hilfe, bis mein Rachen brennt. Wer tut uns das an? Und wo sind wir? Gordon? Jacky? Damals bei Jacky war mehr Blut im Spiel. Sie hat sich nie um meine Wunden gekümmert. Jemand hat Ben ausgezogen. Ich schaudere und merke, wie sich meine Körperhaare aufrichten.

Mein armer Junge. Was hat man Dir angetan?

Ich schreie weiter „bitte lass uns raus. Wir gehen auch nicht zur Polizei! Wenigstens meine Kinder bitte! Verschon bitte meine Kinder!" Ich versuche zu flehen und zu bitten, aber niemand kommt herein.

Max

Es ist 10 Uhr. Wir wollten uns bei Ben im Baumhaus treffen. Um 10 Uhr. Wie gebannt starre ich auf die Terrassentür. Die Minuten vergehen unendlich langsam. Wann kommt Charlie? Sie ist doch sonst überpünktlich. Wahrscheinlich will sie sichergehen, dass ich schon da bin.

Also warte ich weiter.

Als es 10:15 Uhr ist, greife ich zum Handy und rufe ihre Nummer an. Sie nimmt ab. Aber Moment einmal, es ist nicht Charlie. Es ist Isabell „Hallo, Max! Es tut mir leid, aber Charlie will nicht mit Dir sprechen. Sie hat sich dazu entschieden einen Schlussstrich zu ziehen. Jedenfalls für den Moment. Eure Streitigkeiten waren ihr einfach zu viel. Sie hat einfach keine Kraft um sich damit auseinanderzusetzen. Bitte respektier das. Sie möchte Zeit haben für sich und die Kinder. Zeit um Gewissheit zu bekommen, dass eine Heirat mit Dir der richtige Weg ist. Die richtige Zukunft für sie. Momentan zweifelt sie sehr daran. Sie hat mich mehrfach gebeten dir klarzumachen, dass du sie bitte nicht anrufen, oder besuchen sollst. Es tut ihr leid, aber sie meldet sich bei dir, wenn sie soweit ist. Es tut mir auch sehr leid, Max. Mach es gut."

Jetzt sitze ich hier und starre das Telefon an. Das kann doch nicht wahr sein. Ist das das Ende? Nein, das lasse ich nicht zu. Das kann ich nicht zulassen. Ich liebe Charlie. Ich liebe ihre Kinder. Ich fühle mich leer und verlassen. Einsam.

Natürlich gebe ich ihr die Zeit, die sie braucht. Wenn es das ist, was uns wieder zueinander führen kann, dann bitte!

Traurig steige ich die Strickleiter hinunter, werfe einen letzten Blick auf das Haus, bin mir sicher, dass Charlie mich gerade sieht, winke ihr zu und gehe.

James

Müde reibe ich mir die Augen. Erst sehe ich Isabell aus dem Haus kommen, ins Auto steigen und nach wenigen Minuten mit einem riesigen Rucksack wieder ins Haus treten und dann kommt Max, geht in den Garten, klettert ins Baumhaus, um dann nach ungefähr einer Stunde wieder das Grundstück zu verlassen. Ich glaube, eine Versöhnung sieht anders aus.

Aber ich bin froh, dass Isabell sich so gut um Charlie und die Kinder kümmert. Früher war ich ja skeptisch, weil Isabell mit dem Mörder und Jungenschreck Gordon zusammen war, aber mittlerweile verstehen wir uns ganz gut.

Meine Augen tun schon richtig weh. Früher wäre das kein Problem gewesen, aber ich muss langsam einsehen, dass ich ein alter Sack bin. So ein Mist. Ich glaube, ich sollte einen Moment schlafen. Sonst kann ich auf lange Sicht nicht hilfreich sein. Außerdem ist ja jetzt Tag und da wird schon nix passieren.

Ben

Meine Augen gehen nicht auf. Ich versuche es immer wieder, aber es geht nicht. Ich möchte weinen, aber ich kann nicht. Ich möchte reden. Schreien, oder wenigstens stöhnen, aber auch das geht nicht. Ich bin gefangen in meinem Körper. Isabell ist böse. Das weiß ich jetzt. Ich glaube auch, dass sie schlimme Dinge mit mir gemacht hat. Aber ich weiß nicht was. Manchmal habe ich schreckliche Schmerzen. So sehr, dass etwas Warmes über mich läuft, dann fühlt es sich an, als würde ich saubergemacht. Manchmal sind die Schmerzen so schlimm, dass ich gar nichts mehr fühle und einschlafe.

Vorhin hatte ich das Gefühl meine Mama wäre hier und hätte gerufen, aber ich bin so schrecklich müde. Mein Kopf denkt nicht mehr viel. Ich fühle nicht mehr viel. Ich bin taub. Wie eingeschlafen. Vorhin habe ich Pipi gemacht. Aber das war mir egal. Mami sagt immer ich soll an etwas Schönes denken. Also stelle ich mir vor, wie Mami mich in den Arm nimmt, in der Badewanne zärtlich badet, mir die Haare kämmt, mir ein Lied vorsingt und die ganze Zeit über ist mir warm.

Es ist so herrlich warm, das ich einschlafe.

Charlie

Ich muss einen klaren Kopf behalten, ich muss einen klaren Kopf behalten, ich muss einen klaren Kopf behalten, ich muss einen klaren Kopf behalten…

Dieser Satz drischt immer und immer wieder auf meinen schmerzenden Schädel ein. Unter Bens Bett ist eine Lache. Sie riecht nach Urin, ist aber blutrot. Mein armer kleiner Junge. Wieviel Leid musst du noch ertragen? Vielleicht bin ich wirklich keine gute Mutter, denn anscheinend kann ich nicht auf meine Kinder aufpassen.

Aber Max liebt uns.

Wir sind verabredet.

Er wird uns suchen. Er wird uns bestimmt finden. Wo immer wir auch sind.

Aber wo sind wir? Es ist muffig hier drin, keine frische Luft. Sofia ist so still. Soll ich nach ihr rufen, oder schläft sie vielleicht und ich reiße sie sonst aus ihrem Schlaf. Ich entscheide mich dafür sie schlafen zu lassen. Meine Fesseln sind fest. Ich kriege sie nicht gelöst.

Die alten Geister haben uns eingeholt. Das weiß ich jetzt.

Wir wurden gefangen von einem Unbekannten.

Aber ist er oder sie wirklich unbekannt? Jacky hatte sich früher nie an Ben vergriffen und somit kann es nur Gordon sein. Oh Gott! Eingesperrt seit vielen Stunden in einem modrigen Raum.

Wir sind Opfer eines Gewaltverbrechens und wir werden sterben. Plötzlich ist mein Kopf ganz klar.

Die Tränen der Verzweiflung bahnen sich ihren Weg.

Was bin ich nur für eine Mutter? Ich habe versagt.

Isabell

Charlie war ein schwerer Brocken. Bisher hatte ich immer nur Kinder durch die Luke in mein Spezialversteck gebracht. Jetzt also eine erwachsene Frau. Schon der Weg vom Schlafzimmer, in dem sie friedlich eingeschlafen war, nachdem ich ihr meine Isabell-Spezial-Honig-Milch gemacht hatte, war fast unmöglich. Sie ist einfach zu groß und zu schwer mit ihren fünfzig Kilo. Da waren die bisherigen maximal 30 kg wesentlich handlicher.

Also entschloss ich mich, im Haus von Charlie, Ben und Sofia, im Keller den Durchgang zum geheimen Bunker freizulegen. Jetzt ist der Zugang zwar nicht mehr zu übersehen, aber ich brauche nicht mehr lange das Geheimnis zu hüten. Jedenfalls war es eine ganz schöne Anstrengung, die alte Tür freizulegen. Aber nach 2 Stunden hatte ich eine Öffnung, die groß genug für meine Spielkameraden war. Als erstes steckte ich die süß schlummernde Sofia in die kleine Erdkammer hinter der Metallplatte. Vielleicht nehme ich sie mit, wenn ich fliehe. Mal gucken. Eine süße kleine Tochter habe ich mir schon immer gewünscht und Sofia hat noch das perfekte Alter, um nicht allzu viele Erinnerungen an ihre richtige Mutter mitzunehmen. Mal sehen, wie sich alles entwickelt. Ein ehemaliger Kollege aus dem Bostoner Krankenhaus hat mir auch eine Stelle in einem afrikanischen Dorf im Kongo angeboten. Aber zuerst will ich ein paar Tage Ben genießen.

Zu lange schon musste ich auf ihn warten. Dani werde ich umbringen. Aber erst soll sie noch sehen, zu welchen Spielchen ich fähig bin. Erst wenn sie kurz davor ist den Verstand zu verlieren, werde ich Ben zugucken lassen, wie sie stirbt. Dann verscharre ich die beiden zusammen. Mutter und Sohn im Tode vereint. Wie poetisch.

Vielleicht habe ich es dann auch endlich geschafft, durch den Tod dieses Jungen meiner lieben Seele Ruhe zu gönnen, und fortan ein normales Leben zu führen. In Afrika gibt es jedenfalls keine blonden Jungen, die mich an meinen Zwillingsbruder erinnern könnten. Zwei zu null für Afrika.

Max

Es ist Montag. Ich sitze in meinem Klassenzimmer. Bisher habe ich noch nichts von Charlie gehört. Seltsam, Ben ist heute gar nicht in der Schule. Ich rufe an. Aber niemand hebt ab. Ich fahre nachher mal bei ihnen vorbei. Hoffentlich ist nichts passiert. Es ist erst 9 Uhr, aber ich kann es nicht abwarten. Irgendwie habe ich ein ungutes Gefühl.

Die Zeit will und will nicht vergehen. Dann endlich ist es 14 Uhr und die Schulglocke klingelt erlösend. Ich steige in mein Auto und fahre zu ihr nach Hause. Ich klingele und klopfe, aber niemand öffnet. Seltsam. Wo sind sie?

James kommt aus dem Haus. Auch er hat nichts von ihnen gesehen, aber er ist sich sicher, dass sie im Haus sind. Isabell gehe ständig ein und aus und das wäre schließlich ein gutes Zeichen. Er versucht mich zu beruhigen, dass Charlie nur noch etwas Zeit braucht.

Vielleicht hat er Recht. Vielleicht aber auch nicht.

Ben

Ich werde wach. Schluchze und heule wie ein Baby. Mami ist da. Sie beruhigt mich. Ich kann mich nicht bewegen. Mami sagt, ich bin gefesselt. Mir tut alles weh. Ich weiß gar nicht genau wo es weh tut. Ich weine weiter. Mami sagt alles wird gut. Ich weiß, dass sie lügt. Ich erzähle ihr, dass Isabell böse ist. Das ich weiß, dass sie nackig war und es mir immer schlecht geht, wenn ich bei ihr war. Mami sagt ich soll ruhig sein. Mich nicht zu sehr aufregen und das ich bestimmt etwas falsch verstanden hätte.

Wieso glaubt sie mir nicht?

Dann spreche ich nicht mehr, sondern weine still vor mich hin. Wie im Traum höre ich von irgendwo Sofias Stimmchen und Mama, die mit ihr redet. Ich habe Durst, aber ich traue mich nicht etwas zu sagen. Ich habe Angst, dass Isabell kommt und mir etwas zu trinken gibt.

Irgendwann schlafe ich wieder ein.

Charlie

Ben war eben total neben der Spur. Aber wie sollte er auch anders drauf sein, in so einer Situation. Seltsam ist, dass er Isabell verdächtigt. Wie kommt er auf die Idee? Ist er noch durcheinander wegen der Jackysache damals? Isabell ist unsere Freundin. Eine Vertrauensperson. Ok, manchmal ist Isabell merkwürdig, wenn ich so darüber nachdenke. Kurz kam mir auch der Gedanke, dass Isabell etwas damit zu tun hat. Es war schon auffällig, dass Ben so oft verletzt war, wenn er von Isabell kam und vor allem, weil er nie genau wusste, wie es zu den Wunden kam. Da er manchmal etwas schusselig ist und grobmotorisch veranlagt, hielt ich es für möglich, dass er nicht genau wusste, wie er zu den Kratzern kam. Oh je, war ich wirklich so blind? Ich habe vollkommen in die falsche Richtung gedacht. So langsam fügt sich ein Puzzleteil zum nächsten. Armer Ben. Wieso bin ich nicht weiter auf ihn eingegangen? Vielleicht arbeitet Isabell auch mit Gordon zusammen. Vielleicht waren sie nie getrennt? Ein eiskalter Schauer läuft mir den Rücken herunter. Was das bedeuten würde, mag ich mir lieber nicht ausmalen.

Wir müssen irgendwie hier raus.

Ich versuche meine Fesseln an den rostigen Metallstangen des Bettes aufzurubbeln, aber bisher ohne Erfolg. Meine Hände glühen und ich habe schon Seitenstechen. Trotzdem. Ich habe keine andere Wahl. Ich muss meine Kinder retten.

Kaum habe ich das zu Ende gedacht, geht die Tür auf. Der Luftzug bläst die Kerze aus. Es ist dunkel. Stockdunkel. Aber den Geruch kenne ich.

Isabell ist im Raum.

Sie nähert sich mir. Ich höre ihren Atem und drehe mich so gut es geht weg.

Ich versuche mich irgendwie in meiner Hilflosigkeit zu wehren, aber die Spritze findet ihr Ziel.

Isabell

Die Zeit läuft mir davon. Gemütlich saß ich auf der Couch, aß Chips und trank glücklich mein zweites Glas Rotwein, als sie es soeben in den Nachrichten brachten. Der Leichnam, oder jedenfalls Teile von Gordons Leichnam, wurden gestern von einem Hobbyangler aus dem Missouri gefischt. Eine DNA-Untersuchung reichte und er konnte zweifelsfrei als Gordon identifiziert werden. So ein Mist.

Es ist Montagabend. Den ganzen Vormittag habe ich mit Ben gespielt. Dann habe ich mir etwas Ruhe gegönnt.

Gleich gehe ich noch schnell zum glorreichen Finale zu ihm und verschaffe mir die endgültige, die absolute Befriedigung. Gerade nach dieser Schocknachricht, dass sie Gordon gefunden haben, kann es sich nur noch um Minuten handeln, bis die Polizei hier vorbeikommt und mich ausfragt.

Ich muss mich beeilen. Schnell meine Sachen packen. Was brauche ich? Ich habe mich entschlossen Sofia mitzunehmen. Ihren Pass habe ich schon und den Pass von Charlie auch. Ich habe mir heute Nachmittag die Haare dunkelbraun gefärbt und sehe ihr somit wenigstens ein bisschen ähnlich. Die Flüge in den Kongo sind gebucht und das Visum für meine ach so aufopferungsvolle, soziale Arbeit liegt vor. Zum Glück ging alles glatt. Nur noch den Kulturbeutel packen und dann eine Runde mit dem kleinen, blonden Schönling spielen und schwups sind Sofia und ich in der weiten Ferne im heißen Afrika.

Auf einmal ein dumpfer Aufprall an der Haustür. Direkt danach gibt die Haustür nach und ein großer Schatten springt in einem Mordstempo auf mich zu. Es ist fast wie damals, als mich Gordon beim Spielen mit Ben erwischte. Nur habe ich diesmal leider kein Skalpell in der Hand, dass mir die Arbeit erleichtert.

Es trifft mich unerwartet und ich schlage auf dem harten Laminatboden auf.

Jetzt erkenne ich ihn.

Es ist Max.

Wütend.

Nein, das trifft es nicht ganz. So habe ich ihn noch nie gesehen.

Max ist rasend. Völlig verändert. Auch er hat anscheinend vorhin die Nachrichten gesehen und eins und eins zusammengezählt. „Wo sind sie?" schreit er außer sich vor Wut und Angst um seine geliebte Familie.

Ich drehe mich schnell unter seinem schweren Körper hinweg, springe auf, greife den erstbesten Gegenstand, eine kleine Metalllampe und schlage zu. Volltreffer! Sofort sackt er zusammen. Blut sackt aus seinem Hinterkopf.

Ich überlege. Habe ich Zeit ihn irgendwo zu entsorgen?

Zu spät, denn dann hätte ich keine Zeit mehr, um mit Ben zu spielen. Ich muss unbedingt spielen. Ich muss einfach. Sonst werde ich meine alten Geister nie mehr los. Also schnappe ich mir im Eiltempo meine Tasche und meinen Kulturbeutel, schließe notdürftig die nun kaputte Haustür, die für Max so gar keinen Widerstand geleistet hatte und laufe hinüber zu den Clarks. Schweiß läuft mir den Rücken hinunter, während ich unter die riesigen Eichen schleiche. Vorsichtig benutze ich die Gartenluke, damit mich Opa James bloß nicht sieht. Aber die Luke lässt sich nicht öffnen. Häh? Was ist hier los? Ich laufe zum Haus. Die Tür ist verschlossen und ich habe zwar einen Haustürschlüssel, kriege ihn aber nicht ins Schloss. Was? Mist. Ich fluche. Schnell renne ich wieder zur Bodenluke und ziehe an der Lasche. Sie lässt sich nicht öffnen. Warum? So ein Scheiß. Ich fluche wieder. Das war wohl zu laut. Bei Opa James geht das Licht an. Er tritt auf die Veranda. Er sieht mich an, zögert kurz, aber er erkennt mich trotz der Haarfarbe. Mist, Mist, Mist! Er kommt schweren Schrittes, aber doch relativ schnell aus dem Haus.

Ich haue ab.

Ab zum Flughafen.

Fuck!

Charlie

Ben liegt da wie damals in Boston. Er ist in seiner Welt. Apathisch und regungslos. Die Augen starr geöffnet, aber er blinzelt nicht. Sein Atem geht regelmäßig. Er reagiert nicht mehr auf mich. Am ganzen Körper hat er Wunden, die grob genäht und teilweise fahrlässig verbunden wurden. Von Isabell. Sie hat darauf geachtet, dass ich jedes Detail der Misshandlungen mitbekomme und nicht wegsehe. Mir ist schlecht. Ein Dauerzustand. Ebenso wie meine Beine, die unaufhörlich ein Eigenleben entwickelnd beben. Ich darf nicht total die Nerven verlieren. Konzentrier dich, Charlie! Der Raum hier stinkt nach Erbrochenem. Meinem Erbrochenen. Ich habe geschrien und gekotzt. Gebettelt, sie angefleht, versucht wegzuschauen, aber dieses Monster hat es nicht zugelassen. Nur irr gelacht hat sie und gedroht meinen Liebling umzubringen, wenn ich nicht zugucke. Das hat schreckliche Erinnerungen wachgerufen an Jacky. Isabell ist eine Irre. Jacky ist eine Irre. Wieso ziehe ich diese Irren nur an? Ich hatte bisher schon von pädophilen Männern gehört, aber Frauen, die Spaß daran haben kleine Jungen zu missbrauchen und zu misshandeln, das ist mir neu. Abscheulich. Armer Ben. Warum nur? Warum er? Warum nicht ich? Wieder muss ich würgen.

Der einzige Trost ist das wir drei leben. Noch jedenfalls. Sofia in ihrem Versteck, ich hier neuerdings an einen Stuhl gebunden und Ben der Wirklichkeit entrückt auf dieser alten Liege.

Es ist wieder dunkel im Raum. Sie hat uns die Kerze nicht wieder angezündet und nach ihren Grausamen und über alle Massen unaussprechlichen Perversitäten das grelle Deckenlicht wieder gelöscht. Als sie ging, hörte ich in der Ferne ein Geräusch. Ein Bellen. Hundebellen. Tief. Es muss Gonzo sein. Also sind wir noch in der Nähe unseres Hauses, aber wo? Ich schaffe es irgendwie den Stuhl zu Fall zu bringen auf dem ich sitze und meine Fußfesseln an dem Metallbett zu reiben. Wieder und wieder versuche ich es. Wie besessen. Einen kurzen Augenblick halte ich inne, weil ich zu dem Entschluss komme, dass es eventuell für uns drei besser ist hier zu sterben. Welch ein Leben erwartet uns draußen. Jahre der Angst. Der Therapien. Kann Ben das Geschehene irgendwie verarbeiten? Sofia wird ein Trauma zurückbehalten. Ist da der Tod nicht die bessere Wahl? Das Problem ist nur, dass ich nicht weiß wann der Tod uns hier ereilen wird und ich schon genug gesehen habe. Ich trete und reibe weiter an meinen Fesseln. Ich lasse nicht das Schicksal Gott spielen. Nein, ich gebe nicht auf! Ich muss hier raus. Wir müssen hier raus. Wir haben ein Recht auf ein Leben. Vor allem meine Kinder!

Ich habe Hunger. Zwar hat uns Isabell etwas zu essen und zu trinken gegeben, aber wir müssen schon lange hier sein. Wie lange kann ich gar nicht sagen, denn es ist hier ständig dunkel. Als Isabell Sofia Essen und Trinken gebracht hat, konnte ich sehen, dass es Sofia einigermaßen gut geht. Natürlich hat sie Angst, ist verheult und hat geschrien, als die Klappe wieder zu ging, aber sonst geht es ihr gut. Schrecklich, dass ich solche Maßstäbe setzen muss. Mit einem Ratsch werde ich aus meinen Gedanken gerissen. Die Fußfessel ist durch. Meine Füße sind frei. Im nächsten Moment kann ich die Hände von der Rückenlehne des Stuhles lösen. Sie sind noch gefesselt, aber mit Mühe kriege ich sie nach vorne vor die Brust. Mir schmerzt jetzt zwar meine Schulter, die ich mir dabei ausgekugelt habe, aber ich habe ja keine andere Wahl. Die Schulter renke ich mir wieder ein, indem ich sie vor die Wand stoße. Ein greller Schmerz durchstößt mich, kurz breche ich zusammen und hocke schluchzend auf meinen Füßen, aber er vergeht auch recht schnell wieder.

Ich reiße mich zusammen, löse die Fesseln von Ben, der anscheinend nicht merkt, dass er gerade befreit wird. In einer Ecke des Raumes liegt Bens Hose. Ich ziehe sie ihm an. Er lässt es einfach geschehen.

Dann öffne ich die Luke von Sofia. Sie blinzelt mich an und springt mir in die Arme. Kleine, starke Sofia. Sie weint nicht einmal. Aber ich kann sie nicht halten, schließlich sind meine Hände noch gefesselt. Ich bitte Sofia die Metallplatte so festzuhalten, dass ich mit den Handfesseln gegen die Kante reiben kann. Sie wirkt gefasst und gehorcht. Was für ein starkes Kind!

Zum Glück sind meine Fesseln aus Naturfasern, die nicht sehr viel Widerstand leisten. Es klappt. Meine Hände sind frei.

Ständig schaue ich zur Tür, ob jemand hereinkommt. Isabell oder Gordon. Ich habe Angst. Sofia kann laufen. Zum Glück. Sie ist zwar etwas steif, aber sie ist sehr tapfer. Ich sage ihr, dass sie leise sein muss. Schleichen muss wie eine Katze. Ohne zu weinen oder zu reden. Egal was passiert. Ben ist noch immer regungslos. Ich nehme ihn auf den Arm. Die Schmerzen sind krass, aber da muss ich durch. Eigentlich rechne ich damit, dass die Tür abgeschlossen ist, aber sie ist offen. Rechts sehe ich einen langsam ansteigenden schmalen Gang, dessen Ende ich nicht erkenne, und links einen Haufen alter Klinkersteine.

Ich gehe mit den Kindern erst den engen Gang entlang. Am Ende ist eine Luke in der Decke. Ich versuche sie zu öffnen, aber mit Ben auf dem Arm und der schmerzenden Schulter funktioniert es einfach nicht. Mich ängstlich umsehend lege ich Ben kurz auf dem Boden ab und widme mich wieder der Luke. Sofia weint leise. Mist. Ich befürchte, ich habe die Luke verriegelt anstatt zu öffnen und jetzt bewegt sich dieser Scheiß Metallriegel keinen Millimeter. Er ist total eingerostet. Mist. Mein Kreislauf spielt verrückt, als ich Ben wieder hochhebe. Kurz durchatmen. Also gehen wir zurück. Richtung Steinhaufen. Noch immer weiß ich nicht wo ich bin. Vorsichtig steigen wir über die Steine. Mich trifft fast der Schlag. Wir sind in unserem Keller. Da ist die Heizung, da der Vorratsraum. Nur zwei Meter von dem Durchbruch entfernt steht mein Bügelbrett. Krass. Ich lausche, aber kann nichts hören. Ben ist schwerer als gedacht. Sofia klammert sich an meinem Bein fest.

Leise schiebe ich das Bügelbrett an die Seite und gehe Richtung Kellertreppe.

Was ist das? Ich schreie auf, als ich Gonzo sehe. Er liegt leblos am Fuße der Treppe. Sofia ist zum Glück auf der anderen Seite und ich kann sie von Gonzos Anblick ablenken. „Der schläft nur, Sofia", sage ich und sie glaubt mir. Für den Moment. Ganz langsam steigen wir die Treppe hinauf. Durch den Spalt unter der Kellertür fällt Licht. Es ist Tag.

Brian

Ich bin Brian, 35 Jahre alt, komme aus dem beschaulichen Westwood in der Nähe von Boston und bin ein selbstverliebtes Arschloch. So jedenfalls nennt mich meine eigene Mutter. Ich gebe zu, so ganz Unrecht hat sie nicht. Ich liebe es mich im Spiegel anzusehen, wenn ich dabei noch Sex mit einer sexy Bitch habe und mich im Spiegel betrachten kann, umso geiler. Meine Leidenschaft ist es die Weiber gefügig zu machen. Mit K.O.-Tropfen und sie dann zu ficken. Seit Jahren habe ich keine Frau mehr auf normalem Wege kennengelernt. Also im Supermarkt, im Park oder so. Ich suche mir einschlägige Diskotheken oder Kneipen aus mit Frauen, die sich schnell willig erklären mit mir Sex zu haben, oder Frauen, die dies nie freiwillig tun würden, aber irgendwie niedlich sind und die ich mit ein paar Tropfen dazu bringen kann mir zu Diensten zu sein.

Noch nie hat mir eine Frau einen Korb gegeben. Doch, eine gibt es: Dani Boderick.

Sie war mein Abschlussdate an der High-School. Zierlich, knackiger Po, lange Beine, tolle megalange Haare, eine gerade Nase und intelligente Augen. Meine Traumfrau. Allerdings zierte sie sich sehr. Schon Monate vor dem Abschlussball versuchte ich sie ins Bett zu kriegen, aber nein, sie wäre zu jung, und was die Leute denken und wenn man schwanger würde und wir würden uns noch nicht lange genug kennen. Bla Bla Bla! Also nutzte ich den Abschlussball. Meiner Einladung folgte sie und ja, sie sah phantastisch aus in ihrem kleinen schwarzen Kleid und den passenden hochhackigen Schuhen. Sie provozierte mich förmlich. Gab mir zur Begrüßung einen heißen Kuss. Ich überreichte ihr einen kleinen Strauß Blumen und sie freute sich sehr darüber. Dann stiegen wir in die Stretch Limousine, die ich zu diesem Anlass gemietet hatte. An dem Festsaal angekommen, hatte sie schon 5 Gläser Wodka und einen Schampus intus und war sehr gut gelaunt.

Sie ließ es sogar zu, dass ich ihr in der Limo unter den Rock griff. Sie lachte und küsste mich. Dann stiegen wir aus und gingen auf die Party. Ich hatte noch mehr Alkohol in den Saal geschmuggelt und große Pläne mit meiner unschuldigen Schönheit.

Leider kam uns ihre blöde Freundin in die Quere und brachte Dani wegen Betrunkenheit nach Hause. Das konnte ich ihr noch verzeihen, aber am nächsten Tag schaute sie mich mit dem Arsch nicht mehr an. Arrogant ohne Ende beendete sie unsere Beziehung. Wie kann sie das nur tun? Ich sehe geil aus, bin groß, sportlich, habe tolle dunkle Haare, die mir wild in die Stirn fallen, ein Grübchen am Kinn zum niederknien und mein Schwanz ist groß, stark, hart und hat bisher jede Frau zur Ekstase gebracht. Ich war damals wie heute fassungslos. Damals gab es noch keine K.O.-Tropfen und ich wollte keine Vergewaltigung riskieren, also wartete ich, aber verlor leider ihre Spur. Studium, Umzüge, allerlei kam dazwischen. Meine Kränkung allerdings blieb. Seitdem halte ich Augen und Ohren offen. Ich wusste, irgendwann würde ich sie kriegen. Früher oder später.

Ob sie will oder nicht.

Vor vielen Jahren dann sah ich ihr Bild in der Zeitung. Sie war von Boston wieder nach Westwood gezogen und im Haus ihrer Eltern gefangen gehalten worden. Es gab sogar ein Foto von ihr. Sie war noch immer eine Augenweide. Älter geworden natürlich, aber der unschuldige Ausdruck in ihren Augen war noch immer da und reizte mich.

Ich machte mich auf nach Westwood. Mittlerweile lebte ich in der Anonymität von New York. Aber sie war weggezogen von Westwood. Niemand konnte mir sagen wohin. Mist.

Einige Wochen später war sie wieder in der Zeitung. Irgendwie vom Pech verfolgt, war eine Frau namens Jacky in ihre Wohnung in Boston eingebrochen und hatte ihren Freund umgebracht.

Also fuhr ich nach Boston und suchte sie im Finanzviertel, wo das Verbrechen geschehen war. Fehlanzeige. Ich fragte sogar bei der Polizei nach, aber die wollten mir nichts sagen. Erst eine knackige Polizistin rückte mit der Sprache raus, dass sie unter einem neuen Namen weit weg von hier leben würde. Keine brauchbare Info, aber es war eine nette Nacht mit der Polizistin und ihren Handschellen.

Ich blieb dran.

Ein paar Jahre später, las ich zufällig einen alten Artikel in der New York Post von Gordon, dem Jungenschreck. Das man dachte, er wäre der Mörder einiger Jungen in Helena, Montana. Da dieser Gordon damals Dani aus den Händen dieser Jacky befreit hatte, wusste ich, was ich zu tun hatte und flog voller Hoffnung hin. Dani zu finden war nicht schwer. Jeder kannte die Frau, die mit Gordon befreundet war. Alleinerziehend mit langem braunem Haar.

Als ich vor ihrem Haus stand, wusste ich, dass ich hier richtig war. Rosa war schon immer ihre Lieblingsfarbe gewesen und das Haus strahlte in einem freundlichen Rosa.

Im Garten spielte gerade ein riesiger Hund. Tollpatschig trollte er durch die Beete. Ich suchte mir einen Stock und warf ihn fort. Der Hund sah den Stock fliegen, schaltete sein Beschützerhirn aus und holte den Stock. Ich warf ihn wieder, ging ganz ruhig zum Haus, die Tür stand offen und ich trat ein. Hier also lebte Dani. Ihr Zuhause. Doch was ich sah erschrak mich. Zwar ist das Haus hübsch einge-richtet. Hell, freundlich, kindgerecht, aber auf dem Sofa lag ein Junge. Bestimmt Danis Sohn. Er war regungslos. Daneben eine nackte Frau. Hübsch. Jung. Sexy. Lange blonde Locken. Aber irgendetwas machte mir Angst. Ich versteckte mich schnell in der Küche, keuchte vor Aufregung und bereute, mir vorhin noch ein paar Schnäpse genehmigt zu haben. Vorsichtig beobachtete ich die Szene die sich vor mir abspielte.

Die Frau hatte eine Spritze und einen abartigen Gesichtsausdruck. Ich kann es gar nicht beschreiben, was mich an ihrem eigentlich hübschen Gesicht störte, aber ich wusste, dass ich mich mit dieser Frau nicht würde anlegen wollen.

Die Frau versuchte an dem Jungen rumzumachen, der aber sprang plötzlich wie ein Wiesel auf und lief die Treppe hinauf.

Die Frau verfolgte ihn in unmenschlichem Tempo, konnte ihn überwältigen, gab ihm einen Schlag ins Gesicht und setzte ihm eine Spritze in den Hals.

Fast vergaß ich zu atmen.

Diese Frau war das leibhaftige Böse und ich würde beobachten, was hier vor sich gehen würde. Wer weiß, vielleicht konnte ich noch jemanden erpressen oder so. Die Frau sah jedenfalls nach einer Menge Geld aus. Schuhe mit roter Sohle standen unter dem Wohnzimmertisch und an der Couch lehnte eine Designerhandtasche, die gut und gerne einen Kleinwagen wert war.

Ich schlich leise aus der Küche und versteckte mich im Keller. Dort war ein kleiner ungenutzter Raum mit einem Vorhang vom restlichen

Kellerraum abgetrennt. Dahinter eine alte Luftmatratze, Trödel und eingestaubte Einmachgläser, die ausgezeichnet schmeckten und mich ein wenig besoffen machten. Eingelegte Kirschen in Amaretto oder so. Lecker.

Leider bekam ich gar nicht mit, wie Dani nach Hause kam, aber irgendwann hörte ich lautes Hämmern und schwere Gegenstände, die zu Boden fielen. Ganz in meiner Nähe. Im Keller. Plötzlich war ich wach und nüchtern. Ich lugte um die Ecke und sah den blonden Teufel einen alten Durchbruch in der Kellerwand öffnen und anschließend ein ganz kleines Mädchen schlafend hindurchtragen. Dann ging sie fort.

Ich wagte einen Blick und sah einen versteckten Gang und einen Raum. Wie ein alter Luftschutzkeller. Ich wankte noch immer leicht. Diese Kirschen hatten es wirklich in sich.

Was hatte diese Frau vor?

Ich hörte, wie sie zurückkam und versteckte mich schnell wieder. Einmal sah sie in meine Richtung und ich hielt die Luft an. Auf dem Arm hatte sie den kleinen Jungen. Auch er schlief. Als letztes folgte dann Dani. Sie sah wunderschön aus, obwohl sie die Stufen hinabgeschleift wurde, wie ein Stück Vieh. Abstrus hübsch und hilflos. Eine Seite in mir wollte ihr helfen. Die andere Seite sagte unentwegt:

Warte, schau, wie es weitergeht. Warte ab. Sie hat es verdient zu leiden. Außerdem bist du noch besoffen. Also wartete ich. Es dauerte einige Stunden, bis die Frau aus dem geheimen Kellerraum herauskam und ich wollte gerade die Treppe hinaufgehen, um mir im Kühlschrank etwas zu essen zu suchen, aber da kam sie schon zurück und warf etwas die Treppe hinunter. Es polterte und als ich genauer hinsah, sah ich den großen schwarzen Hund mit leeren Augen zu mir hinüberstarren. Er war tot. Seine Kehle war aufgeschnitten.

Ach Du Scheiße. Wo bin ich nur hingeraten?

Dann hörte ich die Haustür auf und wieder zugehen. Vorsichtig ging ich hinauf. Sie war fort. Ich war alleine. Erst suchte ich etwas zu essen. Dann ein Bier, das ich vor Schreck sofort trank, dann noch weitere Dosen Bier und ich nahm vorsichtshalber ein Messer mit in mein Kellerversteck.

Kurz sah ich nach Dani und den beiden Kindern im Bunker. Vor allem der Junge hatte leiden müssen. Er war reglos und hatte einige Stellen am dünnen Körper, an denen Blut durch Verbände sicherte. Das kleine Mädchen war nicht zu finden und Dani lag auf dem Boden. Gefesselt.

Ein bisschen freute es mich. Ich war schockiert, aber es freute mich, das Dani leiden musste. Der Junge allerdings tat mir leid. Wo war das kleine Mädchen? Da hörte ich ein Geräusch. Ängstlich und gleichzeitig neugierig schlich ich zu meinem Luftmatratzenversteck, lauschte, aber es war niemand zu hören, also trank ich mein Bier. Ich glaube, ich schlief sofort ein.

Max

A ls ich wach werde, liege ich in meinem eigenen Blut. Das realisiere ich aber erst viel später. Ich brauche einige Zeit um mich zu sammeln. Wo bin ich, was ist passiert? Dann fällt es mir wieder ein. Isabell. Charlie. Ich muss Charlie warnen. Hoffentlich ist es noch nicht zu spät.

Ich wanke etwas, aber ich komme zum Stehen und laufe los. Zu Charlie. Das Haus ist dunkel. Die Türen sind abgeschlossen. Wo ist mein Schlüssel? Es ist zu leise hier. Gonzo bellt doch sonst immer, wo ist er? An der Terrassentür geht der Schlüssel nicht ins Schloss. An der Haustür auch nicht. Mist. Ich gehe zum Küchenfenster und schlage die Scheibe ein. Es ist Abend oder Nacht. Jedenfalls stockdunkel. Die Alarmanlage geht sofort los, als ich das Fenster öffne. Ich spurte zur Haustür und schalte sie aus. Wer weiß, ob Isabell noch hier im Haus ist. Gonzo liegt nicht in seinem Körbchen. Es riecht hier komisch. Muffig. Ekelig. Ich gehe schnell hoch ins Schlafzimmer. Charlie ist nicht da. Mein Herz pocht wie wild. Auch die Kinderzimmer sind leer. Da sehe ich aus dem Augenwinkel jemanden. Versuche mich umzudrehen, aber es ist zu spät. Wieder bekomme ich einen Schlag auf den Hinterkopf. Shit!

James

Ich muss kurz eingenickt sein, da sehe ich Isabell durch die Dunkelheit hinten zum Haus rennen. Irgendetwas stimmt da doch nicht. Wieso rennt Isabell, wieso hat sie die gleiche Frisur und Haarfarbe wie Charlie und wieso flucht sie und kommt nicht ins Haus. Sie hat doch einen Schlüssel. Mein Herz rast plötzlich. Da ist was faul!

Ich schalte das Licht an und will nachsehen. Ihr Blick geht in meine Richtung. Mist. Sie läuft davon. Was ist da los? Ich muss sofort los. Ich greife mein Gewehr und mache mich auf den Weg zum Haus.

Zum Glück habe ich mir für den Notfall ein Dachfenster präpariert, und zwar mit einem Außenschloss für das nur ich einen Schlüssel habe. Das war das Geheimnis von Ben und mir. Es gab ihm ein gutes Gefühl zu wissen, dass es einen Fluchtweg hinaus und hinein gab. Also musste ich jetzt nur noch an den Blumenrabatten, beziehungsweise deren Rank Gittern hinaufklettern und das Schloss aufschließen.

Ich bin zwar völlig außer Atem, schließlich bin ich ein alter Sack, aber es hat geklappt. Leise schleiche ich die Treppe vom Dachboden hinunter.

Da ist jemand im Schlafzimmer. Es ist ein Mann.

Ich nehme das Gewehr und haue es dem Einbrecher über den Schädel. Plumps, fällt der Körper innerhalb einer Sekunde zu Boden. Ich habe keine Zeit mich um den Mann zu kümmern. Ich muss sie finden. Das Bett ist unberührt. Wo ist Charlie? Ben und Sofia liegen nicht in ihren Betten. Oh nein.

Ich habe Angst!

Brian

Ich bin umgeben von den hottesten Frauen, die mir zu Willen sind, ja teilweise sogar hörig und dass alles in einem entspannten Jetsetleben. Es ist Sommer. Heiß. Im Hintergrund wird irgendwo Reggea Musik gespielt. Ich bin erfolgreich, habe Geld, die coolsten Autos und die Chicks bringen mir Cocktails an den Pool. Nackt natürlich. Die Sonne scheint, meine Freunde tummeln sich an meiner Poolbar und im Hintergrund spielt eine Rockband meine Lieblingssongs.

Langsam wache ich auf und der wundervolle Traum weicht einem real gewordenen Alptraum. Die Angst ist sofort wieder da.

Ich höre Schritte. In meiner Nähe. Es ist diese Frau. Dieses abscheuliche Biest. Nicht auszumalen, was mit mir passieren würde, wenn sie mich hier findet. Ich schleiche ihr mit zittrigen Knien hinterher. Das Tageslicht blendet mich. Die Haustür fällt ins Schloss. Ich suche und finde einen Schlüsselbund. Schnell stecke ich einen Schlüssel ins Schloss hinein und breche ihn ab. Hastig greife ich einen anderen Schlüssel und verfahre genauso mit dem Türschloss an der Terrassentür. Jetzt kommt sie wenigstens nicht mehr ins Haus zurück. Keuchend vor Nervosität setze ich mich auf den Fußboden und überlege. Was soll ich nur tun? Soll ich die Polizei rufen? Aber was soll ich sagen? Warum bin ich hier? Denkt die Polizei vielleicht, dass ich Dani und die Kinder gefangen halte? Die Zeit verstreicht und es wird langsam dunkel. Jemand rüttelt an der Tür. Die Frau. Sie kommt nicht hinein. Sie flucht, aber verschwindet. Ich gehe zum Kühlschrank auf der Suche nach einem weiteren Bier. Meinen Pegel auffrischen.

Was bin ich nur für ein Mensch?

Was tue ich hier?

Ich gieße das Bier ungetrunken in den Ausguss.

Ich habe mich entschieden Dani und ihrem Sohn zu helfen. Mittlerweile schäme ich mich dafür, dass ich nicht schon früher eingeschritten bin. Endlich bin ich nüchtern. Wie kann ich einen kleinen Jungen in solch einer schlimmen Situation belassen? Ich bin selber ein Monstrum. Zudem sehe ich Dani vor mir. Gefesselt. Hilflos. Panisch. Ich nutze Frauen aus. Bin ein Weiberheld und na gut, auch ein Vergewaltiger, aber ich verabscheue Gewalt und erste recht Gewalt gegen Kinder.

Was ist das für ein Geräusch? Scherben. Ein Alarm. Plötzlich wieder Stille. Ich laufe in die Küche. Das große Messer halte ich krampfhaft in der Hand. Es ist niemand da. Das Küchenfenster ist eingeschlagen. Ist jemand hereingekommen?

Ich muss helfen. Hoffentlich bin ich noch nicht zu spät. Ich bin ein Idiot! Vorsichtig öffne ich die Kellertür. Oh Schreck, jemand steht direkt vor mir. Ich werde blass.

Dani. Daneben ein kleines Mädchen, dass sich furchtvoll an sie klammert und auf Danis Arm der Junge. Reglos. Wir erschrecken beide gleichermaßen. Dani schreit auf. Sie erkennt mich nicht. Dani taumelt nach hinten und stürzt fast die Treppe hinunter. Ich greife schnell vor mit der freien Hand, erwische sie und halte sie fest.

Ich ziehe sie nach oben. Geschafft…

Charlie

F ast wäre ich in Ohnmacht gefallen, als dieser Mann vor mir stand, ein Messer in der Hand, aber er hilft mir hinauf und redet mir gut zu. Das Messer beunruhigt mich, aber er will es nicht weglegen. Er sieht böse aus, aber momentan habe ich keine Wahl als seine Hilfe anzunehmen. Für den Moment. Seine Finger, die das Messer umschließen, sind schon ganz weiß vor Anstrengung. Irgendwie kommt er mir bekannt vor. Diese Augen und dieses Grübchen im Kinn. Aber ich kann meine Gedanken nicht sortieren. Mein Kopf schmerzt und ich kann nur wieder und wieder daran denken, dass ich meine Kinder in Sicherheit bringen muss.

Das Messer noch immer in der Hand haltend, holt mir der Mann das Telefon und ich fange an die Nummer der Polizei zu wählen. Der Mann hat Angst. Das merke ich. Er ist nervös. Ich traue ihm nicht. Hastig warte ich darauf, dass mein Notruf durchgeht. Der Mann vor mir sagt, er will uns beschützen und es sei noch jemand anderes hier im Haus. Gordon? Jacky? Ich zittere. Sofia weint mittlerweile leise. Ben liegt auf dem Teppich und rührt sich nicht. Da ein Geräusch. Dumpf. Schwere Schritte auf der Treppe vom Obergeschoss. Wie ein Blitz sehe ich jemanden auf uns zukommen. Sehe ein Gewehr. Alles geht so schnell. Ein Schuss fällt. Der Mann vor mir geht zu Boden.

Das Messer fällt erschreckend laut neben ihn. Mein Blick geht Richtung Treppe und erkenne ich den Schützen. Es ist James.

Gleichzeitig nimmt jemand bei der Polizei meinen Notruf entgegen. Ich bin total verwirrt und sage nur schwach „Wir brauchen Hilfe. Chester Street 7. Clark. Bitte kommen sie schnell. Wir brauchen einen Krankenwagen. Besser zwei.", und lege auf. Ich knie mich zu dem Mann auf dem Boden. Er ist tot. Ein riesiges Loch prangt in seiner Brust und erst jetzt sehe ich, dass im ganzen Wohnzimmer Blut ist.

James steht noch immer wie angewurzelt am Ende der Treppe. Das Gewehr im Anschlag. Ich gehe zu ihm, nehme ihm das Gewehr aus dem Arm.

Er schaut mich an. Traurig, aber erleichtert. „Charlie, ich habe noch nie auf ein lebendes Wesen geschossen!", und „Geht es Dir gut?". Ich kann nur immer wieder einen Namen wiederholen. „Isabell!". Mit etwas mehr Kraft kriege ich noch „Wo ist Isabell?" heraus. „Fort," sagt James und fällt auf die Knie. Wie im Trance sinke auch ich zusammen.

Sofia klettert auf meinen Schoß und zusammen weinen wir, bis die Polizei eintrifft.

Jacky

Nach meinem Ausbruch, habe ich erst eine Woche lang im Wald gelebt. Die Zeit in der Natur tat mir gut. Erst war ich hektisch und nervös, wollte unbedingt große Fluchtpläne schmieden. Ich habe viel nachgedacht, ohne diese Enge der Zelle und ohne all die Leute, die ständig etwas von mir wollten und mich mit ihren Mittelchen benebelten.

Ich weiß jetzt wer ich bin. Ich bin Jacky, die Tochter meiner Eltern. Ich habe Glück Eltern zu haben, die mich lieben. Egal, was passiert ist. Liebe ist das höchste Gut. Mit dieser Erkenntnis bin ich dann zu meinen Eltern gefahren, habe mich in meinem alten, unversehrten Kinderzimmer ins Bett gelegt und geschlafen. Seit Jahren habe ich einfach nur geschlafen.

Als meine Eltern mich dort fanden, haben sie sich an mich gekuschelt und mich liebevoll zugedeckt. Natürlich wussten sie was ich getan hatte, und trotzdem fühlte ich mich geliebt. Wie undankbar von mir ihnen noch mehr Sorgen zu machen. Ich wusste so klar wie noch nie in meinem Leben wo ich hingehöre. Hatte eine Aufgabe: Sobald ich auf freien Fuß komme, irgendwann, werde ich diese Liebe meinen Eltern zurückgeben. Ich werde sie pflegen und mich kümmern. Ruhe zog in mir ein.

Ich habe dann selber bei der Polizei angerufen und mich gestellt.

Die alten Geister sind verschwunden, ganz plötzlich und ich freue mich auf mein neues Leben.

Auch wenn es bedeutet, dass ich vorher viele Jahre in einer Klinik verbringen muss mit Therapien und Medikamenten. Ich werde hart an mir arbeiten und meine Eltern unterstützen mich dabei.

Zum Glück bin ich in eine andere Anstalt verlegt worden. Hier habe ich ein Fenster durch das ich in einen Park sehen kann. Das ist doch schon ein guter Anfang.

Max

Zum Glück habe ich mich schnell von den zwei Schlägen auf den Hinterkopf erholt. Ich habe eine Gehirnerschütterung und musste genäht werden, aber ansonsten geht es mir gut. Vor allem, weil Charlie, Ben und Sofia gerettet wurden. Nicht auszudenken was passiert wäre, wenn James Isabell nicht gesehen und verscheucht hätte. Natürlich habe ich ein schlechtes Gewissen, weil ich die Kinder der Gefahr ausgesetzt habe, indem ich Isabell als Babysitterin engagiert habe. Mist. Im Nachhinein haben einige Dinge, die Isabell gesagt oder getan hat, auf die Abscheulichkeit hingedeutet, die sie personalisiert. Leider ist es jetzt zu spät. Hoffentlich komme ich bald hier aus dem Krankenhaus raus, damit ich mich um meine Familie kümmern kann, falls Charlie es zulässt. Ich tue alles, um ihnen ein glückliches und endlich unbeschwertes Leben zu ermöglichen. Falls das überhaupt noch möglich ist.

Charlie

Sofia sieht süß aus in ihrem hellblauen Sommerkleidchen und der kleinen weißen Leggings darunter. Die Haare hat sie offen und die rotblonden Locken fallen ihr über die schmalen Schultern. James hält sie fest auf dem Arm.

Auch er ist schick. Er trägt einen Anzug. Schwarz. Ich habe mich für ein cremefarbenes, luftiges Kleid ohne Arm entschieden.

Wir sind auf dem Weg zum Krankenhaus. Max wird heute entlassen. Eigentlich erst morgen, aber er kann es nicht mehr ohne uns aushalten und geht auf eigene Verantwortung. Er wird Augen machen, wenn er uns sieht, denn ich plane ihn zu heiraten. Noch heute. Schade, dass Ben nicht dabei sein kann, aber ich möchte Max heiraten und zwar sofort. Ich will keine Zeit mehr verlieren. Die nette Standesbeamtin hat uns grünes Licht gegeben. Anlässlich der Umstände war sie gerne bereit uns zu einer schnellen Hochzeit zu verhelfen. Max wird staunen.

Wenn es Ben wieder bessergeht, dann feiern wir eine große Party. Ben ist momentan im Krankenhaus. Seine Wunden wurden versorgt und werden schnell heilen. Er ist gestern aufgewacht. Sein Blick war noch recht benommen, aber er hat mich angesehen und geweint, als ich ihm gesagt habe, dass Isabell ihm nicht mehr wehtun kann. Zum

Glück kann er sich an viele Dinge nicht mehr erinnern. Seine seelischen Wunden werden leider noch Jahre brauchen, aber wir sind alle für ihn da und begegnen ihm mit unendlicher Liebe und Geduld.

Sofia ist sehr anhänglich, seit der Geschichte und hasst Dunkelheit. Wer kann es ihr verübeln? Ansonsten hat sie alles am besten verkraftet und ist fröhlich wie eh und je.

Ich verstehe noch immer nicht ganz wieso mein Schulfreund Brian in meinem Haus war und gemeinsame Sache mit Isabell gemacht hat. Brian war bereits wegen Besitz und Einsatz von K.O.-Tropfen verurteilt und der mehrfachen Vergewaltigung verdächtigt, Verfahren gegen ihn liefen und konnte wahrscheinlich durch seinen Tod einer Verurteilung zu vielen Jahren Gefängnis entkommen.

Die erste Nacht nach der Befreiung haben Sofia und ich im Krankenhaus verbracht. Wir wurden dort überwacht. Als wir nach Hause zurückkamen, hatte die Polizei bereits die Spurensicherung abgeschlossen und einen Aufräumtrupp geschickt, der die Blutspuren beseitigt hat. Trotzdem. Die Couch hat einen riesigen Fleck, auf den ich einen Überwurf gelegt habe, und an den Wänden und der Zimmerdecke waren noch immer leichte Flecken zu erkennen. Also habe ich mir einen Farbeimer geschnappt und alles in freundlichem hellgelb gestrichen.

Anders hätte ich es nicht ertragen.

Der nette Kommissar sagte mir, dass Isabell fliehen konnte. Aber die Polizei ist ihr auf den Fersen. Wie dreist. Sie ist mit meinem Ausweis nach Dubai geflogen. Von dort nach Frankreich und dort verlor man ihre Spur. So schnell lassen sie diesmal nicht locker. Ich mache mir arge Vorwürfe, weil ich nicht früher gesehen habe, wie böse sie ist und das belastet mich sehr, aber ich bete jeden Tag, dass sie die gerechte Strafe dafür bekommt.

Gordons Tod hat mich sehr traurig gemacht, vor allem, weil ich ihn zu Unrecht beschuldigt habe wieder rückfällig geworden zu sein. Er war nicht böse. Lieber guter Gordon. Wie bist du gestorben?

James hat sein Gewehr verkauft. Er ist zwar froh uns das Leben gerettet zu haben, aber er bereut es dem unschuldigen Max einen übergebraten zu haben, Max ist zum Glück nicht so nachtragend und James möchte nie wieder einem Menschen leid zufügen. Er hat Brian getötet und es nagt sehr an ihm. Ich bin froh, denn zum Glück hat er auf uns aufgepasst.

Ich verstehe nur nicht wieso Brian mich die Polizei rufen ließ. Naja, Hauptsache es geht uns gut.

Jacky ist wieder in der psychiatrischen Klinik. Inspektor Miller aus Boston sagte mir gestern am Telefon, dass von ihr keine Gefahr mehr auszugehen scheint. Ich hoffe, wir können ihm glauben.

Deshalb beginnt jetzt für uns ein neues Leben. Die alten Geister haben uns zwar brutal eingeholt, aber wir leben noch.

Wir lassen uns nicht kleinkriegen, wir ziehen nicht fort, laufen nicht weg, aber wir nehmen wieder unsere alten Namen an. Endlich! Wir verstecken uns nicht mehr!

Darf ich mich vorstellen?

Ich bin Dani, 36 Jahre alt, mein Sohn Jonah ist 8 und meine Tochter Sofia 3.

Max

Ich bin ein verheirateter Mann.

Ich habe eine tolle Frau, Dani, an den Namen muss ich mich noch gewöhnen, einen Sohn, Jonah und eine kleine Tochter Sofia. Wir sind eine tolle Familie. Die Überraschung ist Dani wirklich geglückt, als sie mich nichtsahnend aus dem Krankenhaus abgeholt hat – sie waren alle so schick – aber ich Trottel merkte erst, was die Stunde geschlagen hatte, als wir vor dem Standesamt hielten, Dani grinste und Sofia von James ein Ringkissen in Herzform in die Hand gedrückt bekam. Ich sah an mir herunter. Weißes Shirt, Jogginghose und Flip Flops. Nicht wirklich das perfekte Outfit für eine Hochzeit, aber Dani hatte natürlich vorgesorgt. Sie führte mich in einen kleinen Raum und dort lag schon ein schicker, dunkelbrauner Anzug mit passender Krawatte, Socken und dunkelbraune Wildlederschuhe. Perfekt. Als ich fertig angezogen herauskam, stand Dani vor mir mit einem Strauß Blumen in der Hand. Sie sah entzückend aus. Ein wenig blass um die Nase, aber trotzdem strahlendschön.

Gefolgt von James und Sofia, betraten wir das Hochzeitszimmer. Vorne wartete bereits eine nette Standesbeamtin an einem riesigen hölzernen Schreibtisch. Unser Lieblingslied „Run" von Leona Lewis spielte, vom CD-Player und freudestrahlend gingen wir diesem wichtigen Moment entgegen. Schade, dass Ben nicht hier sein kann, aber James hat alles mit dem Handy gefilmt, so dass er sich die Hochzeit ansehen kann und er freut sich bestimmt für uns.

Also gaben wir uns das JA-Wort und besiegelten unsere Hochzeit mit einem leidenschaftlichen Kuss.

Dani und ich.

Max und Dani.

Dani, Sofia, Jonah, James und ich. Wir sind eine Familie.

Trotz dieser schrecklichen Geschehnisse, die wie ein bedrohlicher Schatten ständig in meinem Kopf herumspuken, bin ich glücklich. Jedenfalls in diesem Moment.

Fiona

Als Max mich, sein Schwesterchen, aus dem Krankenhaus anrief, um mir zu berichten, was ihm und vor allem seiner Familie angetan wurde, war ich echt geschockt. Dürfen sie denn niemals glücklich werden? Irgendwann ist es doch genug. Sie haben schon so viel Schreckliches mitmachen müssen. Die armen Kinder. Arme Dani. Ich habe das Gefühl irgendetwas tun zu müssen. Aber was kann ich sagen, was kann ich tun?

Ich habe sofort Stuart, den Wildhüter hier im kanadischen Jasper National Park angerufen und gebeten ein paar Tage auf meine Farm zu achten. Ich will unbedingt zu Max. Ich habe zwar Personal, dass mir beim Haushalt und der Aufzucht der Wildtiere hilft, aber wer kennt das nicht: „ist die Katze aus dem Haus, tanzen die Mäuse auf dem Tisch". Mir ist es lieber, er wirft ab und an einen Blick auf das Geschehen hier.

Stuart ist nett. Er ist kein Riese, aber normal groß für einen Mann. Seine Figur könnte man mit stark und kräftig, aber nicht dick beschreiben. Er hat braune Haare, einen Vollbart, der meines Erachtens etwas kürzer sein dürfte und ganz hellblaue Augen. Nicht nur, dass er gut aussieht, er ist 40 Jahre alt, Single und tierlieb dazu. Er bringt mir oft verletzte Wildtiere. Elche, Pumas, Bären, Wildvögel, die in Wildererfallen geraten, aus dem Nest gefallen oder von den Eltern verstoßen worden sind und ich pflege sie dann und sorge für eine schnellstmögliche Auswilderung, damit sie sich nicht zu sehr an die Menschen gewöhnen.

Ich habe keine Ausbildung. Auf Schule hatte ich schnell keine Lust mehr. Also war ich eher das schwarze Schaf in der Familie. Das trifft es sehr gut, denn ich zog schon früh von meinem Zuhause in Helena weg. Jobbte in Tierheimen auf der ganzen Welt, kämpfte für die Rechte von Tieren, für den Erhalt bedrohter Tierarten und habe mir im Laufe der Jahre, und durch meine Reisen, ein großes Wissen angeeignet. Seit 5 Jahren habe ich nun diese Farm in Kanada. Sehr abgelegen. Mitten in der herrlichen Natur. Nur Bäume, Berge, Bäche, kleine Wasserfälle und jede Menge Tiere um mich herum. Ich bin sparsam und habe mir das Haus von meinen eigenen Ersparnissen leisten können. Unterstützt werde ich vom Land Kanada und einer Tierschutzorganisation, die mir den Grund und Boden zur Verfügung stellen und mir hin und wieder finanzielle Mittel zukommen lassen. Ansonsten versorge ich mich von meinem eigenen Garten. Kartoffeln, rote Bete, Kohlrabi, Tomaten, Äpfel, Erdbeeren, alles was das Herz begehrt. Frisch und nah.

Aber jetzt muss ich erstmal zu meinem Bruder. Vielleicht kann ich irgendwie helfen. Ihn unterstützen. Trösten, kochen und ablenken. Egal was benötigt wird. Ich bin ihn da. Ab zum Bahnhof.

Dani

Sofia und ich sitzen bei Jonah am Krankenbett. Beziehungsweise sitzen wir nicht mehr. Jonah ist wach und wir liegen neben ihm. Sofia rechts und ich links. Jonah kuschelt sich in meinen Arm. Ich lese eine Geschichte vor. Von sprechenden Elefanten und anderen Tieren, die einer Dürre entfliehen und auf der Suche nach Wasser sind. Die Geschichte ist trotz der Tragik lustig und voller Hoffnung. So wie wir. Jonah kann zwar nicht lachen und er spricht auch noch nicht, aber Sofia redet die ganze Zeit. Kommentiert jede neu aufgeschlagene Seite und gluckst vor Freude über die komischen Tiere, die sich mit menschlichen Problemen wie Frisuren und Kleidungsstilen befassen. Jonah hört zu. Ich weiß nicht, wieviel von der Geschichte er mitbekommt, aber er kuschelt sich an mich und ist ganz ruhig. Sein Herzschlag ist ganz regelmäßig und ich spüre, dass es ihm gerade gut geht.

Es liegt noch ein weiter Weg vor uns. Aber wir lieben uns und das ist das allerwichtigste auf der Welt.

Als ich ihm erzählt habe, dass Max und ich geheiratet haben, hat er mich angesehen. Sein Blick war nicht leer und nicht traurig. Zwar weit entfernt von glücklich, aber er hat mir in die Augen gesehen, meine Hand gedrückt und sich in meine Arme gekuschelt. Das Video zeige ich ihm nachher. Wenn er mag. Schritt für Schritt…

Fiona, die Schwester von Max ist angereist und sie wollte heute Abend für uns kochen. Mal sehen, was daraus wird. Sie ist ein wenig chaotisch, aber sie lacht viel und macht das Haus etwas fröhlicher. Das tut vor allem Sofia gut. Und mir dementsprechend auch, denn wenn Sofia sich mit Fiona beschäftigt, dann kann ich endlich mal so Dinge tun wie Ben im Krankenhaus alleine besuchen oder duschen und Beine rasieren, ohne das Sofia mir wie ein Schatten folgt.

Max will ab nächste Woche wieder arbeiten. Mal gucken, er hat noch immer mit Kopfschmerzen zu kämpfen, aber ich glaube ein wenig Normalität würde uns allen guttun.

Jonah

Am Anfang wusste ich gar nicht wo ich bin. Ich wollte weinen und nach Mami rufen, aber ich konnte nicht. Meine Beine und meine Hände, sowie mein Mund ließen sich nicht bewegen. Also lag ich nur in diesem großen Bett und schlief die meiste Zeit. Mami war oft da und auch James und Max und Sofia. Ich hätte ihnen gerne gesagt, dass es mich freut, wenn sie da sind und sie nicht weggehen sollen, dass es mir gut geht, aber ich konnte nicht. Hoffentlich sind sie nicht böse auf mich.

Aber ich glaube Mami hat mich noch lieb. Alles an ihr zeigt mir ihre Liebe. Sie ist oft bei mir. Ich habe jetzt auch einen Papa. Max hat Mami geheiratet. Das ist super. Gerne würde ich Mami sagen, wie sehr es mich freut, aber entweder ich vergesse es, oder ich schlafe ein, oder ich kann nicht sprechen, wenn Mami da ist. Irgendetwas ist immer.

Der Doktor hat mir gesagt ich muss Geduld haben. Nachts lassen sie hier zum Glück immer das Licht an. Ich habe nämlich ganz schön viel Angst. Hoffentlich darf ich bald nach Hause zu meiner Mami.

Fiona

Ich habe es! Ich habe eine super Idee:

Max, Dani und die Kinder könnten zu mir nach Kanada ziehen. Wälder, Berge, Wasser, Ruhe, Familie! In meinem Gästehaus ist Platz genug. Kinder lieben Tiere. Die Einsamkeit und die Schönheit der Natur dort ist Balsam für die Seele und sie könnten alle neu anfangen.

Selbst Opa James könnte mitkommen. Vielleicht hat er Lust mir ein wenig unter die Arme zu greifen und sie wären alle zusammen. Oh, ich bin ganz aufgeregt.

Ich muss sofort Max von meiner Idee berichten.

Dani

Soeben wurde ich von Fiona und Max freudestrahlend in Beschlag genommen. Wir saßen bei einem Käffchen in der Küche. Die beiden sind überzeugt davon, dass es für mich und die Kinder eine gute Idee wäre, nach Kanada zu ziehen. Zu Fiona. Auf Fionas Farm. Natürlich haben sie Recht. Dort ist es ruhig und anders und der Umgang mit Tieren ist für Kinder, vor allem für traumatisierte Kinder, wichtig. Kanada, und vor allem der Nationalpark indem Fiona arbeitet, ist traumhaft schön. Aber ich habe mir geschworen nie wieder davonzulaufen. Ich will nicht das wir uns verscheuchen lassen. Dann hätte Isabell gewonnen. Wie auch damals Jacky gewonnen hat und was hat es gebracht? Wir werden trotzdem gefunden. Nein, weglaufen ist keine Option! Unsere Heimat ist jetzt hier. Wir haben viele liebe Freunde, ein wundervolles Zuhause. Obwohl ich zugeben muss, dass ich den Keller seit den vorhergegangenen Ereignissen nicht mehr betreten habe und dass Gonzos leere Hundehütte mir täglich einen Stich versetzt.

James hat es sich zur Aufgabe gemacht den Bunkerraum zuzumauern und den Gang vorher zuzuschütten. Mir stellen sich noch immer die Nackenhaare auf, wenn ich an den Gang und den Raum denke. Schrecklich. Bestialisch.

Aber könnten wir ein neues Leben anfangen?

Oder müssen wir uns der Situation stellen. Kann ich das? Können das meine Kinder?

Was ist mit ihrem Umfeld hier?

Werden wir von allen Menschen angesehen wie eine Attraktion?

Wird über uns getuschelt?

Kochen immer wieder die Gefühle hoch, wenn wir an das Geschehene erinnert werden?

Wird das irgendwann aufhören?

Ich muss dringend schlafen. Nachdenken. Es sacken lassen. Mal sehen, was der nächste Tag an Erkenntnissen bringt.

Max

Dani war nicht sonderlich begeistert von der Idee aus Helena wegzuziehen. Es scheint, als würden gerade die schlimmen Ereignisse sie noch mehr an diesen Ort binden. Wie eine Strafe, die man sich aufbürdet. Als hätte sie es nicht anders verdient, als ständig an das erinnert zu werden, was ihre beste Freundin ihr angetan hat. Vor allem was ihre beste Freundin ihrem Sohn angetan hat. Über Jahre hinweg.

Es lässt sich zwar nur mutmaßen, Jonah kann sich leider nicht äußern und es ist fraglich, ob er überhaupt weiß, was mit ihm geschah, denn Isabell war medizinisch sehr geschickt und geübt im Umgang mit Betäubungsmitteln jeglicher Art und Weise. Aber ich weiß, dass Dani sich schuldig fühlt. Sie hat wieder nicht auf ihn aufpassen können.

Natürlich trifft sie keine Schuld, aber wer kann sich schon in die tiefen Gefühle einer Mutter hineinversetzten, deren Kinder derart missbraucht worden sind. Selbst ich fühle mich schuldig. Ich habe Isabells anderes Gesicht gesehen. Habe gesehen, dass sie auch eine böse Seite hat, aber wer hat die nicht auch mal an schlechten Tagen.

Natürlich habe ich auch gesehen das sie nervös war, aber Herrgott, sie ist eine Frau und war in einer Extremsituation. Ihr Mann erst verdächtigt, dann eingesperrt, später verschwunden.

Konnte ich etwas ahnen?

Wenn ich schon so an mir zweifele, wie hilflos fühlt sich Dani? Hintergangen, benutzt, verzweifelt, geschändet, einfach schrecklich.

Meiner Meinung nach wäre es am besten, alles hinter sich zu lassen und mit der kompletten Familie neu anzufangen. Dazu gehöre ich und irgendwie auch Opa James. Ich gehe mal rüber und frage ihn, was er so von Kanada hält und von einem gemeinsamen Umzug im Speziellen.

Ich nehme ein Fläschchen Bier mit. Es ist später Nachmittag. Dani ist mit Sofia bei Jonah im Krankenhaus. Die Ärzte überlegen, ihn in nächster Zeit zu entlassen. Er ist körperlich gesund und braucht „nur" noch Zeit, um auch innerlich wieder auf den richtigen Weg zu kommen. Hoffentlich schafft er das. Wieviel Last können so kleine Schultern tragen, bis sie zusammenbrechen?

James ist da. Es brennt Licht. Ich klopfe an und er öffnet mir prompt die Tür. Da er noch immer ein Auge auf das Nachbarhaus hat, hatte er mich schon kommen sehen. Er war anscheinend gerade dabei ein Insektenhotel zu bauen und hat alle Materialien wie Stroh, Holzröhren, Schrauben, Brettchen und so weiter auf dem Küchentisch verteilt. Er bietet mir einen Stuhl an und öffnet genüsslich die Bierflaschen. „Was ist los, Max?", fragt er mich. Mittlerweile kennt er mich gut und er weiß, dass ich nicht einfach so rüberkommen, schon gar nicht mit zwei Flaschen Bier bewaffnet.

„James", fange ich an zu erzählen „was hältst Du so von Kanada? Meine Schwester Fiona betreibt dort im Jasper National Park eine Aufzucht und Auswilderungsstation für Wildtiere. Eine Art Farm auf der sie auch Obst und Gemüse anbaut. Sie besitzt auch ein Gästehaus dort und hat Dani und mich gefragt, ob wir Lust hätten mit den Kindern zu ihr zu ziehen." James guckt erschrocken. „Keine Angst, James", sage ich „wir würden uns wünschen, dass du mit uns ziehst. Fiona hat in ihrem Haus noch ein Zimmer frei und wir könnten dir zusammen an einem Ort deiner Wahl ein kleines, eigenes Häuschen bauen. Wenn Du magst. Das heißt unsere Entscheidung steht noch nicht fest. Dani überlegt noch. Sie hat Angst vor dem Gedanken davonzulaufen. Dabei ist es ja kein Davonlaufen, sondern ein Entschluss, zum Wohle der Kinder einen Neuanfang zu machen und die Altlasten zurückzulassen. Was meinst Du?"

James sieht mich an. Legt den Kopf in seine Hände. Dann schaut er auf. „Was habe ich zu verlieren? Ich kann doch nur gewinnen. Ich wäre bei Euch, meiner Familie, in der Natur, die ich so liebe inmitten von beeindruckenden Tieren, und hätte die Chance in meinem hohen Alter auf ein letztes Abenteuer. Natürlich bin ich dabei!"

Seine Augen strahlen. Wir stehen auf und umarmen uns. Ich glaube zum ersten Mal.

Ich bin erleichtert.

Jonah

Mami und Sofia sind bei mir. Wenn sie da sind, geht es mir gut. Dann gehen die dunklen Gedanken in meinem Kopf ein wenig zur Seite. Wenn Mami mit mir spricht, dann kann ich nicken. Nur ganz leicht, aber Mami versteht mich. Dann drückt sie mich ganz fest und sieht glücklich aus. Mami hat mir gerade erzählt, dass Tante Fiona uns nach Kanada einlädt.

Wir dürfen dort für immer wohnen, wenn wir möchten. Bei ihr und all den Tieren, die bei ihr leben. Mir ist es eigentlich egal. Ich will nur bei Mami, Sofia und Max sein. Mami möchte von mir wissen, ob ich gerne nach Kanada ziehen möchte. Was soll ich sagen? Es ist anstrengend so viel nachzudenken. Ich tue einfach so, als würde ich schlafen. Das hilft.

Als ich aufwache ist gerade der Doktor da. Mami und er unterhalten sich. Er hält Kanada für eine tolle Idee. Ich bräuchte Ruhe, eine neutrale Umgebung und ganz viel Zeit.

Morgen darf ich nach Hause. Ich weiß gar nicht, ob ich wirklich nach Hause will. Klaro möchte ich zu Mami und Max, und nicht mehr hier im Krankenhaus bleiben, aber ich habe Angst. Große Angst.

Mami guckt zu mir rüber.

Stocksteif liege ich im Bett, tue so als ob ich schlafe und betrete wirklich wieder meine Traumwelt in der alles so herrlich fluffig, warm und schön ist. Sie gehört nur mir und niemand sonst darf sie betreten. Manchmal bin ich neugierig und will wieder aus der Traumwelt raus, aber es klappt nicht immer.

Denn eigentlich gefällt es mir hier in meiner Welt sehr gut.

Dani

Erst war mit Jonah im Krankenhaus alles gut. Er hatte einen richtig klaren Blick. Wir kuschelten uns aneinander und lauschten einer CD von Peter Pan. Ich erzählte Jonah von der Idee nach Kanada auszuwandern. Er schien interessiert, aber plötzlich wurden seine Augen wieder trüb und er war wieder in seiner Welt verschwunden. Das macht mir richtig Angst. Wenn er in seiner Welt ist, dann reagiert er auf nichts mehr. Nicht auf Berührung, Worte und sogar nicht auf Schmerz. Er schaltet einfach ab. Doktor Tillmann meint das wäre eine Schutzfunktion nach den schlimmen Ereignissen und es wäre ein Talent seine Gefühle abschalten zu können, da sie ihn vor schlimmeren Schäden bewahren würden. Ich kann das nicht so ganz glauben, denn welche schlimmeren Dinge könnten passieren? Er schaltet ab und ist total apathisch. Doktor Tillmann ist sich sicher, dass er im Laufe der Zeit immer öfter aus seiner Welt herauskommt und die Phasen der Apathie seltener werden. Eine neue Umgebung wie zum Beispiel Kanada, wo ihn nichts an das Vergangene erinnert wäre optimal für Jonah. Sollten wir uns doch entscheiden zu gehen?

Morgen darf ich ihn abholen. Wie wird er reagieren, wenn er in unser Haus kommt? Vielleicht sollten wir alle zusammen in Max Haus übernachten und dann direkt auswandern? Wie schnell könnten wir umziehen? Ich kann meine Bücher schreiben wo ich will. Da bin ich nicht ortsgebunden. Aber was ist mit Max? In 2 Wochen beginnen die Sommerferien. Kann er seinen Arbeitsvertrag so spontan lösen? Was ist mit Opa James? Ich würde ihn sehr vermissen und auch für die Kinder ist er sehr wichtig geworden.

Fragen über Fragen. Ich muss heute Abend wohl noch einige Gespräche führen, damit ich morgen weiß, wie es weitergeht. Ich habe das Gefühl mir läuft die Zeit davon.

Jonah liegt mit offenen Augen da. Ich schließe ihm die Augen, gebe ihm einen Kuss und verabschiede mich bei ihm. „Schlaf gut, mein großer Schatz. Es wird alles gut!"

Irgendwie glaube ich gerade selber daran!

Max

Als Dani aus dem Krankenhaus kam, was sie ganz euphorisch. Sie überschlug sich fast in ihren Ausführungen. Der Arzt hatte ihr wohl gesagt, dass es das Beste für Jonah wäre, in eine andere Umgebung zu kommen, in der ihn nichts an seine Misshandlungen erinnern würde. Morgen wird Jonah entlassen. Dani möchte vorerst in mein altes Haus ziehen, damit Jonah sich einigermaßen wohlfühlt. Sie wollte wissen, was James wohl zu einem Umzug sagen würde und sie war sehr froh, als ich ihr sagte, dass er quasi schon am Kofferpacken wäre.

Also fingen wir gemeinsam an zu planen. Ich rief zu dieser späten Stunde noch den Schuldirektor an und kündigte meinen Job. Er war zwar nur wenig erbaut darüber, aber konnte meine Entscheidung absolut verstehen. Obwohl er derzeit in Illinois zur Weiterbildung ist, fertigt er mir noch morgen ein Empfehlungsschreiben an. Vielleicht habe ich Glück und finde in der Nähe von Whitecourt, Kanada, eine Anstellung als Lehrer. In der Wildnis ist es bestimmt nicht einfach, aber ich könnte Sofia und Jonah Zuhause unterrichten und darüber hinaus schauen, ob ich eine andere Anstellung finden kann. Wenigstens Teilzeit. Das mache ich am besten vor Ort.

Mein Haus wollte ich schon längst verkauft haben und ich rufe sofort den Makler an, damit er aktiv wird und wir ein paar finanzielle Rücklagen haben.

Dani will ihr Haus nicht verkaufen, sondern vermieten. Ist wohl auch besser, denn wer kauft ein Haus, in dem ein Mensch, oder gar mehrere gestorben sind. So haben wir immer die Option zurückzukommen, falls es uns aus irgendwelchen Gründen doch nicht in Kanada gefallen sollte.

Als wir die grobe Planung abgeschlossen hatten, setzten wir uns vor den PC und schauten uns Urlauberfilme aus der Region vom Jasper Nationalpark an. Es scheint dort wunderschön zu sein. Riesige Bäume, unberührte Natur, kleine Seen, wilde Tiere, Berge, Täler, Wiesen. Schon fast ehrfürchtig wird man, wenn man diese von Gott geschaffene Welt sieht. Traumhaft. Sofia wird sich sehr über die unzähligen Blumenarten freuen. Die Wiesen sehen im Frühjahr aus wie eine Feenlandschaft und vielleicht können wir uns Pferde anschaffen und dann Ausritte machen. Unter freiem Himmel schlafen. Obwohl. Da gibt es Grizzlys und Pumas, also bevorzugen wir lieber einen abgeschlossenen Raum zum Schlafen. Fiona sagt aber, dass die gefährlichen Tiere gar nicht so gefährlich sind, wie man immer sagt, und sie sehr scheu sind und die menschlichen Behausungen eher meiden. Es sei denn man lässt Fleisch draußen herumliegen. Aber ich wüsste nicht, wieso man dies tun sollte.

Dani hat rosige Wangen. So in Planungen vertieft habe ich sie noch nie gesehen. Am liebsten würde sie sofort losfahren. Aber wir brauchen noch ein Visum. Das wird bestimmt nicht schwierig, aber wenn wir es morgen beantragen, dann könnten wir eventuell schon nächsten Monat umziehen. Quatsch. Ein Urlaubsvisum für 1 Monate gibt es fast sofort. Wenn Dani möchte, dann kann sie Ende der Woche mit den Kindern und Fiona losfahren. James und ich kümmern uns dann um den Rest.

Dani erstellt schon eine Liste. Was muss mit? Was bleibt hier?

Oh, ich sollte erstmal Fiona Bescheid geben. Es ist schon nach Mitternacht und Fiona schläft bei mir Zuhause, während ich hier mit Dani sitze und Pläne schmiede. Mist. Also muss es bis morgen warten.

James

Max und Dani waren gerade mit der Kleinen hier. Der Entschluss steht: Wir ziehen nach Kanada. In die Nähe von Whitecourt. 30 km entfernt liegt die Farm mitten in der Wildnis. 10km bis zum nächsten Nachbarn. 20 km bis zur nächsten Einkaufsmöglichkeit. Das wird ein Abenteuer! Ich freue mich riesig. Ach, wenn das meine Frau Rosie noch hätte erleben können. Sie war immer ein riesiger Kanada-Fan. Jetzt muss ich schauen, dass ich mein Haus verkauft kriege. Eigentlich will ich kein einziges Möbelstück mitnehmen. Das Zimmer, in dem ich wohnen werde ist bereits möbliert und es juckt mich in den Fingern mir ein eigenes kleines Häuschen zu bauen und mit selbstgebauten, groben Holzmöbeln zu füllen. Seit Jahren habe ich mich nicht so jung gefühlt. Als ob ich nicht schon Mitte 70 wäre. Dani verabschiedet sich schon wieder. Sie muss ins Krankenhaus und Jonah abholen. Sie haben ihm schon in Max Haus ein Zimmer eingerichtet. Alles etwas provisorisch, aber es ist ja nur für ein paar Tage. Hoffentlich geht es dem kleinen Mann bald besser. Es ist erschreckend das einst so fröhliche, wilde Kind nun so in sich gekehrt und teilnahmslos zu sehen. Früher hat Jonah ständig gequatscht. Seit der Gefangenschaft kein einziges Wort mehr.

Ich drücke ganz fest die Daumen, dass in Kanada alles gut wird.

Fiona

Dieses Grinsen kriege ich heute bestimmt nicht mehr aus dem Gesicht. Max hat mir heute früh ganz aufgeregt gesagt, dass sie zu mir ziehen werden. Alle. Inklusive James. Wunderbar. Es war mir eh immer ein wenig zu einsam dort in der Wildnis, und Hilfe kann ich wirklich gut gebrauchen. Sofia und Jonah habe ich in mein Herz geschlossen und, obwohl ich sie noch nicht lange kenne, ist Dani wie eine Schwester für mich geworden. Sie ist offen, herzlich und hilfsbereit. Ich freue mich schon sehr auf das gemeinsame Leben.

Ich muss gleich sofort Stuart anrufen. Er ist der Wildhüter daheim im National Park und dafür zuständig Wilderern Einhalt zu gebieten, die Population der Tiere zu überwachen und Tieren in Not zu helfen, indem er sie auf meine Farm bringt. Momentan ist er auf meiner Farm und sieht nach dem Rechten. Er ist bestimmt froh, wenn ich am Wochenende wieder da bin und er sich seinen eigentlichen Aufgaben widmen kann. Wenn er dann noch erfährt, dass ich mit 5 weiteren Personen im Gepäck komme, wird er staunen. Er hat sich eh immer Sorgen um mich gemacht, weil ich so alleine lebe. Natürlich habe ich Personal, aber das kommt aus dem Ort. Also 20km entfernt jeden Arbeitstag hergefahren.

Stuart muss unbedingt den alten Krempel aus dem Gästehaus entfernen, damit Jonah sofort ein schönes Zuhause hat. Momentan ist das

Gästehaus zugemüllt mit allen Dingen, die ich auf meinen Reisen so angesammelt habe. Von einer riesigen Buddha-Statue bis zum Pferdesattel, über alte Bücher und Tierzeitschriften zu sonstigem Kram ist alles vollgestopft. Ich hoffe, Stuart kriegt Hilfe von meinem Personal, sonst schafft er das nie in so kurzer Zeit.

Ich freue mich so sehr! Endlich nicht mehr alleine!

Stuart

Ach herrje. Da hat mir Fiona aber was aufgehalst. Soeben habe ich die Tür vom Gästehaus geöffnet. Jetzt weiß ich auch, wieso Fiona nie Gäste hat. Weil das Haus auch ohne Gäste proppenvoll ist. Mist. Was mache ich nur mit all dem Kram. Zum Glück ist das Wetter prima. Also tragen Nick, ein Tierpfleger, und ich alles Gerümpel nach draußen.

Dann wird sortiert und das was weg muss, packen wir einfach in den hinteren Teil des ehemaligen Pferdestalls. Der wird sowieso nicht gebraucht, weil es keine Pferde gibt.

Fiona kommt also am Sonntag mit einer Frau namens Dani, ihrem Sohn Jonah und der Tochter Sofia hier an. Als Fiona mir erzählt hat, was der Familie wiederfahren ist, war ich echt geschockt. Sowas liest man entweder nur in Büchern, oder sieht es in Horrorfilmen. Dass es Menschen gibt, die so grausam sind, finde ich abartig. Mal sehen, vielleicht kann ich den Jungen mal auf meine Touren durch den Park mitnehmen. Er ist fast 9 Jahre alt, also alt genug um die Schönheit der rauen Wildnis kennenzulernen.

Aber bis dahin habe ich noch viel Arbeit vor mir. Denkt Fiona vielleicht auch mal daran, dass ich noch einen anderen Job habe?
Ich mag Fiona ja sehr, aber sie hat ein schrecklich einnehmendes Wesen. Ständig hat sie etwas für mich zu tun, bittet mich ihr hier

und da zu helfen. Eine Auswilderung, ein kranker Vogel, eine gefundene Falle im Wald. Sie findet eigentlich wöchentlich einen Grund um mich um Hilfe zu bitten. Ob das nur freundschaftliche Gefühle sind oder mehr dahintersteckt? Keine Ahnung. Ich weiß nur, dass ich sie mag. Sehr sogar. Wir sind befreundet. Mehr nicht. Sie ist nicht mein Typ als Frau. Sie ist pummelig, laut, burschikos mit ihren Latzhosen, die sie ständig trägt und die absolut nicht vorteilhaft aussehen an ihr und den abstehenden schwarzen Haaren. Ihre grünen Augen sind wach und clever, aber ich stehe nicht auf sie. Hoffentlich sie auch nicht auf mich. Obwohl ich es ihr nicht verübeln könnte. Grinse ich in mich hinein.

WHITECOURT

Jasper National Park - Kanada

Dani

Als ich mit unserem Auto um die letzte Kurve dieses unwegsamen Geländes biege, zum Glück fahre ich seit Jahren einen Allrad, und den brauche ich jetzt endlich auch, kann ich es nicht fassen. Im Hintergrund sehe ich riesige Berge. Die Rocky Mountains. Wundervoll erheben sie sich, die Spitzen in flockigen Wolken versteckend und von riesigen Wäldern umgeben, die nach oben hin immer weniger Baumbestand haben. Im Tal sehe ich einen See. Hellblau und klar liegt er vor uns. Im Vordergrund eine Ansammlung von Holzhäusern. Ein großes Haus mit Holzveranda, Hängeschaukel und Bank vor der Haustür. Daneben ein riesiges stallartiges Gebäude mit Käfigen. Wiederum rechts davon ein Grillplatz. Jedenfalls könnte es einer sein. Eine Feuerstelle und mehrere Holzstämme drumherum. Ein wenig abseits, ungefähr 50m entfernt, mit Blick auf den ungefähr 1 km entfernten See eine kleine Holzhütte. Das Gästehaus. Wie Fiona strahlend verkündet. Es ist wunderschön hier. Ein großer Hund. Eine Mischung aus Pferd und Pudel läuft uns freudig mit dem Schwanz wedelnd entgegen. „Hallo Jack, hast Du uns vermisst?", begrüßt ihn Fiona und krault ihm den Hals ohne sich bücken zu müssen.

Da kommt ein Mann auf uns zu. Kräftig. Attraktiv. Holzfällerhemd mit hochgekrempelten Ärmeln, Jeans und festen, groben Schuhen.

Seine hellblauen Augen strahlen fröhlich und passen irgendwie gar nicht zu dem zotteligen Bart, der seinen Mund umgibt und ihn irgendwie grimmig aussehen lässt. Unter dem Bart kann man nur erahnen, wie er die Mundwinkel zu einem Lachen verzieht, aber die weißen blitzenden Zähne zeigen mir, dass es tatsächlich ein Lachen ist. Das muss Stuart sein. Freund von Fiona. Nur ein Freund. Wie sie mir während der Fahrt mehrfach beteuerte. Also findet sie ihn gut. Ich kann sie verstehen, er sieht sehr männlich aus und könnte Fiona, dieser quirligen Person eine starke Schulter, aber auch Kontra bieten.

Der Himmel ist strahlend blau und obwohl wir uns hier auf 1200m Höhe befinden, ist es angenehm warm. Sofia springt schon aus dem Auto und läuft auf diesen riesigen Hund zu. Wie hieß er noch? Stimmt, Jack. Ich will sie zurückhalten, aber Fiona sagt, er sei so lieb wie ein Schäfchen. Das er gar nicht wüsste, wie groß er ist und genauso gut ein Zwergpinscher, allerdings ohne Gekläffe, sein könnte, weil er ständig auf den Schoß von ihr klettern möchte. Oh je…

Leider würde er seiner Tätigkeit als Wachhund nur sehr eingeschränkt gerecht werden, denn Menschen aller Art, ob bekannt oder unbekannt, begrüßt er freudig hier auf der Farm, aber bei wilden Tieren lässt er dann doch den Beschützer raushängen. Dann fängt er an zu knurren, wenn er die noch weit entfernten Eindringlinge riecht und verteidigt bis aufs Blut sein Frauchen. Einmal hat er sich mit einem Braunbären angelegt, der sich hierher verirrt hat und der

Braunbär hat es nicht überlebt. Nicht einen Kratzer hätte Jack davongetragen. Aber wir sollen uns keine Sorgen machen. Wilde Tiere wären hier im direkten Umkreis selten. Das Gebiet ist eingezäunt und wir sind hier sicher.

Sicher? Das fühlte ich mich damals Zuhause auch, denke ich, aber spreche es lieber nicht aus.

Ich hebe Jonah aus seinem Kindersitz. Ich glaube, er hat gerade ganz interessiert zu Jack geschaut. Jetzt ist er wieder in seiner Welt versunken. Aber es gibt einen Fortschritt. Er läuft. Ich kann ihn an die Hand nehmen und ihn führen. In kleinen Schritten kommen wir langsam wieder in einen Bereich, den man Leben nennen könnte. Es scheint ihm hier zu gefallen, denn wieder werden seine Augen klarer, als er den See unten im Tal erblickt. Funkelnd in der Sonne lacht er uns förmlich an. Jonah liebt es zu schwimmen und hat nur positive Erfahrungen mit Wasser gesammelt. Ich nehme mir fest vor mit ihm täglich schwimmen zu gehen, so lange es das Wetter noch zulässt. Im Herbst und Winter nämlich kann es hier ganz schön kalt werden.

Aufgeregt betreten wir unser neues Zuhause.

James

Seit 3 Wochen sind auch wir, also Max und ich, nun hier im Paradies angekommen. Der Umzug ging gut über die Bühne, da wir nur wenige Sachen aus unserem alten Leben mitgenommen haben. Die Visa waren kein Problem und die Häuser von Max und mir waren ratzfatz verkauft. Ich recke meine alten, müden Knochen. Der Blick aus meinem Fenster raubt mir noch immer den Atem. Diese Stille, diese Reinheit der Natur. Wunderschön.

Heute bauen Max und ich weiter an meinem Haus. Das Grundgerüst steht schon. Stuart erlaubte uns, von ihm ausgewählte Bäume zu fällen und mit dem Traktor zum Bauplatz zu fahren. Ich habe mir ein schönes Fleckchen Erde ausgesucht. Ungefähr 200m von der Farm entfernt, aber noch innerhalb der Abzäunung. Ich gebe zu, einem Grizzly möchte ich nicht auf meiner Terrasse begegnen. Okay, der Zaun wird einen wilden Grizzly nicht abhalten, aber er führt Strom und normalerweise sollte sich kein Bär dazu angehalten fühlen ihn überwinden zu wollen. Na toi, toi, toi. Ich habe mir ein Jagdmesser zugelegt. Für den Notfall. Von Gewehren bin ich weg. Fiona hat zwar eins und wollte mir auch gerne eines besorgen, aber ich habe einen Menschen getötet und fühle mich deswegen noch immer schrecklich. Nie wieder möchte ich das erleben.

Es ist eine Sache einen Waffenschein zu machen und auf Zielscheiben aus Tonscherben zu schießen, aber eine ganz andere Sache ist es dann in echt auf einen Menschen zu zielen, abzudrücken und mit dem Wissen zu leben einem Menschen das Leben genommen zu haben. Ich denke aber das wird die Zeit schon bringen, mein Gewissen zu besänftigen…

Kommen wir zu einem besseren Thema: Jonah macht riesige Fortschritte. Als Max und ich hier eintrafen, kam er sogar alleine zu unserem Auto. Ein ganz zartes Lächeln war auf seinem hübschen Gesicht zu sehen und er umarmte uns. Zwar sprach er nicht, aber das kriegen wir auch noch hin.

Dani ist fleißig dabei das Gästehaus hübsch zu machen. Sie näht wie ein Bienchen Gardinen und Kissen, malt selber Bilder, die sie dann gekonnt platziert und genießt es mit Sofia und Ben im See zu schwimmen.

Stuart, der Wildhüter, lässt sie allerdings nicht alleine dort hin. Entweder begleitet er sie, oder er fragt Nick, einen von den Tierpflegern. Dani und die Kinder müssen sich erst noch an die Wildnis und ihre Gefahren gewöhnen. Aber die Gefahren sind nicht sehr groß, wenn man sie zu minimieren weiß. Das heißt möglichst laut sein, damit die Tiere die Möglichkeit haben zu verschwinden. Keine Lebensmittel offen herumliegen lassen, damit kein Wildtier sie riecht und neugierig wird. Außerdem nicht in Felsspalten und Löcher greifen. Es gibt viele Arten von Schlangen, die sonst gerne als Verteidigung zubeißen könnten. Auch muss man immer ein Handy bei sich führen. Mittlerweile gibt es fast überall Empfang.

Stuart hat uns alle eindringlich instruiert und wir sind dabei die Eigenschaften von Stadtmenschen abzulegen und uns an das Leben hier in der Natur anzupassen.

Erwähnte ich schon, dass es hier einfach traumhaft schön ist?

Max

Dani und ich sind überglücklich, dass es Jonah und Sofia hier so gut gefällt. Da es Jonah sichtlich besser geht, planen wir unsere kirchliche Hochzeit in Whitecourt. Nächste Woche fahren wir hin und haben unser Gespräch mit dem Pastor. Mal sehen, ob wir in Whitecourt auch ein Brautkleid für Dani und einen Anzug für mich finden.

Seit wir hier sind, geht es Dani viel besser. Der Abstand tut wirklich gut und unser Häuschen ist schnuckelig klein, aber gemütlich. Jonah und Sofia teilen sich ein Zimmer. Sie schlafen sogar meist im gleichen Bett. Weil sie es so wollen.

Sofia verbringt die meiste Zeit des Tages mit den Hühnern und Jack dem Hund. Ich bin froh, wenn Jack bei ihr ist, denn er passt super auf sie auf. Vorgestern habe ich mit Sofia geschimpft, weil sie versucht hatte mit ihren Filzstiften die Eingangstür zu verzieren, da hat mich Jack angesehen und angegrummelt. Frei nach dem Motto: Wer bist du und warum erhebst du die Stimme gegen meine kleine Freundin. Lass sie in Ruhe. Zum Glück hat Sofia auf mich gehört und lieb die Stifte zur Seite gelegt. Ich möchte mich nicht mit Jack anlegen.

Eine gute Neuigkeit gibt es zusätzlich noch: Im nächsten Ort gibt es eine Grundschule und dort kann ich an einem Tag in der Woche Englisch und Judo unterrichten. Das ist perfekt für mich. An den übrigen Tagen kann ich hier auf der Farm helfen und die Kinder, vor allem Jonah, unterrichten, solange er noch nicht so weit ist, in eine normale Schule gehen zu können.

James ist sehr fleißig. Ich hätte nicht damit gerechnet, dass ein Mann seines Alters noch so viel Kraft haben würde. Teilweise muss ich Pause machen, weil meine Arme müde sind und James arbeitet unermüdlich weiter an seinem Traumhaus. Es besteht nur aus einem großen Raum, einem Wohnzimmer mit Essplatz und kleiner Kochnische. Dazu unten ein kleines Badezimmer. Eine Treppe nach oben und im Spitzboden ein Schlafzimmer mit einem runden Fenster aus dem man auf die Rockys gucken kann. Das war sein Traum und wir brauchen ungefähr noch 2 Wochen, damit er einziehen kann.

Es tut schon gut, endlich etwas mit den eigenen Händen leisten zu können. Vor allem in einer Umgebung wie hier.

Stuart

Heute habe ich im Wald ein verletztes Elchjunges gefunden und zu Fiona gebracht. Jonah stand bereits am Tor und hat mir geöffnet. Ihm geht es schon viel besser. Er schien ganz aufgeregt zu sein, als er das Tier gesehen hat. Es blutete am Bein und konnte nicht laufen. Die Mutter hatte es wohl verlassen, weil es verletzt war. Es ist ungefähr 1 Woche alt. Also noch wirklich sehr jung. Es zittert. Jonah zeigt auf das Tier und möchte es auf den Arm nehmen. Ich reiche es zu ihm herüber. Es ist schon recht schwer, aber ganz vorsichtig hält er es fest und bringt es zu dem Freigehege, in dem schon Kaninchen und Hühner auf den Neuankömmling warten. Jonah nimmt ein wenig Heu, schichtet es auf und legt das Elchbaby darauf. Fiona, schon telefonisch vorgewarnt, bringt eine Nuckelflasche mit warmer Milch. Jonah kniet vor dem Elchjungen und versucht es wieder und wieder davon zu überzeugen das es trinken muss. Es klappt nicht. Ich erkläre Jonah, dass es entscheidend für das Überleben des Kleinen ist zu trinken und wenn es die Nacht überstehen will, dann muss es trinken. Eine einsame Träne läuft über Jonahs Wange. Unermüdlich streichelt er das Tier und hält es weiter im Arm. Als ich fahren will, sehe ich Dani aus dem Haus kommen. Jonah soll zum Abendessen kommen. Er aber schüttelt nur den Kopf. Er hat eine Aufgabe.

Jonah

Mami möchte, dass ich im Haus schlafe, aber ich kann das Elchjunge doch nicht alleine lassen. Ich muss es unbedingt dazu bringen etwas Milch zu trinken. Es ist ganz dünn. Die Augen sind weit aufgerissen. Es hechelt hektisch. Ich streichele über sein weiches Fell. Die Nase schnuppert an der Flasche, aber es will absolut nicht nuckeln. Mist. Ich gehe zu Fiona ins Haus und mache die Milch wieder war. Zum bestimmt 5. Mal. Heute Nacht. Fiona schläft schon. Ihre Haustür ist nie abgeschlossen. Ich glaube, die Tür hat gar kein Schloss. Hoffentlich trinkt das Tier diesmal. Es muss einfach. Bitte. Ich gehe aus dem Haus, in das Gehege und knie mich vor den kleinen Elch. Heiser fange ich an zu reden. Ich erzähle ihm von meinem alten Zuhause in Westwood. Von Boston, von Helena. Von meinen Freunden und meinen Feinden. Der Elch schaut mich mit seinen dunkelbraunen Augen an. Er versteht mich und legt seine Stirn gegen meine. Dann hebt er den Kopf, nimmt den Sauger in den Mund und trinkt. Er trinkt. Jetzt weiß er wie es geht. Ich lobe ihn. Lache. Als die Flasche leer ist, nehme ich ihn in den Arm und drücke ihn fest. Er leckt mir durchs Gesicht. Ich freue mich so sehr.

Schnell springe ich auf und laufe ins Haus zu Mami.

Dani

Ich war echt nicht begeistert davon, dass Jonah alleine draußen bei diesem Elch bleibt. Nachts wird es ganz schön kalt, aber Jonah war nicht dazu zu bewegen ins Haus zu kommen. Der Elch sah so aus, als würde er die Nacht nicht überstehen. Was wäre dann? Das wäre ein erneuter Schock für Jonah. Ich wälzte mich im Bett hin und her. Max war so k.o. von dem Hausbau, dass er sofort eingeschlafen war. Ich lag wach. Lange. Irgendwann war ich dann aber auch eingeschlafen und als ich dann jemanden schreien hörte, bekam ich einen riesen Schreck. Max und ich saßen senkrecht im Bett. Erst orientierungslos. Wer ruft da so? Da kam Jonah ins Schlafzimmer gestürmt. Das Gesicht voller Tränen.

Oh nein. Ich war geschockt. „Der Elch lebt. Er hat getrunken, Mami. Ganz viel!" rief er mir entgegen.

Ich riss ihn hoch, fiel lachend mit ihm aufs Bett und weinte mit ihm - vor Freude.

Mein Sohn spricht wieder.

James

Plötzlich ging alles ganz schnell. Der Innenausbau vom Haus ging schneller als erwartet. Teilweise packte Stuart mit an. Er kennt sich gut mit Elektrik aus. Alleine wäre es mir nicht möglich gewesen, die Leitungen zu verlegen und mit dem Stromgenerator draußen im Wald zu koppeln. Jetzt ist mein Haus fast fertig. Ich brauche nur noch ein Bett. Davon habe ich eine genaue Vorstellung. Hoch, damit ich mich nicht so sehr bücken muss, stabil und groß. Ich liebe es mich nachts im Bett zu drehen wie ich mag. Also zog ich heute in den Wald um mir entsprechende Baumstämme zu suchen. Stuart gab mir die Erlaubnis in diesem Areal die kleinen Bäume zu fällen, wie ich sie brauche. Also packte ich mir die Säge und machte mich auf den Weg. Einmal hatte ich das Gefühl nicht alleine zu sein. Beobachtet zu werden. Ich hörte kleine Äste knacken. Das war bestimmt ein Reh oder so, denn die können sich prima tarnen. Ich war laut mit meiner Säge und es ist bestimmt davongelaufen. Also sägte ich an dem ersten Baum. Mit einem lauten Krachen stürzte er zu Boden. Es folgte der zweite Baum. Auch er stürzte um. Dann plötzlich ein dritter Baum. Wieso? Ich hatte doch noch gar nicht gesägt. Trotzdem. Der Baum fiel um. Direkt auf mich drauf. Mist. Der Baum muss morsch gewesen sein. Ich rief um Hilfe, aber ich war zu weit von der Farm entfernt. Mein Bein war eingequetscht. Doch ich hatte Glück im Unglück gehabt. Der Baum hätte mir auch auf den Kopf fallen können, dann würde ich hier keine Pläne mehr schmieden können, wie ich nach Hause komme. Da fiel mir das Handy wieder ein. Trotz meiner Abneigung gegen Mobiltelefone hatte Fiona darauf bestanden, dass jeder von uns ständig eins bei sich hat. Jedes Mal, wenn sie mich sieht, muss ich es aus der Hosentasche ziehen und ihr zeigen. Ich habe Empfang. Ein Glück! Mein Bein tut höllisch weh. Erst jetzt entwickelt sich der Schmerz so richtig. „Fiona, ich hatte einen Unfall. Ich brauche Hilfe. Ich bin in dem Gebiet hinter der Geröllkuppel, wo ich laut Stuart Bäume fällen darf. Bitte bring noch jemanden mit. Und, Fiona, bitte beeil dich, mein Bein tut heftig weh." keuche ich in das Gerät. Anschließend lasse ich es fallen. Der Schmerz ist zu stark für mich alten Mann. Ich werde bewusstlos.

Max

Fiona läuft aus dem Stall. Den Autoschlüssel in der Hand. Sie ruft mir zu, dass James einen Unfall hatte und wir schnell zu Hilfe eilen müssen. Ich komme sofort. Mist. James. Hoffentlich geht alles gut. Fiona fährt. Sie kennt den Weg. Ganz schön holprig. Ich rufe den Notdienst an. Sie schicken gleich einen Rettungshubschrauber. Der ist auch nötig. Wir können nämlich mit dem Auto nicht an ihn ran. Zwar ist eine Wiese in der Nähe, wo der Helikopter landen kann, aber wir kommen mit dem Auto nicht durch das Geröllfeld hindurch. Zu Fuß finden wir ihn schnell. Er ist nicht bei Bewusstsein, aber als wir ihn ansprechen, öffnet er dann doch die Augen. Ich hebe den Baumstamm von seinem Bein herunter. Es sieht nicht gut aus. Der Winkel, in dem das Bein vom Körper steht ist sehr unnatürlich. Aber er blutet nicht stark. Fiona hat den Verbandskasten aus dem Auto dabei und bindet die Wunde gekonnt ab. Kurz darauf hören wir schon den Hubschrauber. Fiona telefoniert kurz. Dann tragen wir James zu der Wiese hinüber. Es geht alles ganz schnell. Der Heli landet, die Sanitäter steigen mit Bahre aus, James wird verschnürt, bekommt eine Infusion und schon fliegen sie ab ins Whitecourt Hospital.

Wir sind erleichtert, dass es James einigermaßen gut geht. Er ist nicht lebensgefährlich verletzt. Wieso musste er auch alleine in den Wald Bäume fällen gehen. Wieso konnte er nicht ein paar Stunden warten?

Fiona

Vorhin war ich mit Stuart im Krankenhaus in Whitecourt. Wir haben James dort besucht. Es geht dem störrischen, alten Mann einigermaßen gut. Am liebsten würde er sich sofort selber aus dem Krankenhaus entlassen, aber ich habe ihm klargemacht, dass wir hier nicht in Helena leben, wo an jeder Ecke ein Arzt ist, sondern in der Wildnis und das funktioniert nur, wenn man sich gut auskuriert.

Laut Aussage der Ärzte darf er mit seinem frisch operierten Bein, es war mehrfach gebrochen, samt Krücken in 4 Tagen nach Hause. Er konnte mir auch nicht sagen, wieso er einen Baum gefällt hat, der auf ihn gefallen ist. Wie dumm! Er ist sogar der Meinung, dass er den Baum gar nicht angerührt hat, aber der Baum hatte eindeutig frische Sägespuren. Ich glaube, er wird senil, oder er möchte nicht zugeben, dass er fast vom eigenen Baum erschlagen wurde.

Max hat in der Zwischenzeit zusammen mit mir die Bäume aus dem Wald gezogen, ein Klacks, und James ein wunderbares Bett gebaut. Nach seinen Plänen natürlich. Hoffentlich gefällt es dem Dickkopf und er unterlässt das alleinige Bäume fällen in Zukunft. Am Morgen zeigt ihm eine Physiotherapeutin, wie er mit dem Luftpolsterschuh an Krücken laufen kann. Ich bin ja mal gespannt.

Stuart und ich gehen jetzt was essen. Wir nutzen die Gelegenheit. Wann sind wir schonmal zusammen in einer Stadt unterwegs. Ich bin ganz aufgeregt. Stuart ist echt süß. Er hat mir sogar die Autotür auf-gehalten. Das Kribbeln in meinem Magen fühlt sich toll an.

Zum Glück bekommen wir einen guten Tisch. Ich stehe zwar absolut nicht auf Romantik, aber die rote Tischdecke, die feinen Kellner, die Blumen überall und leise Musik verfehlen bei mir ihre Wirkung nicht.

Stuart nimmt den Fisch, ich das Steak, dann klingelt sein Handy. Ich nicke ihm zu, dass er rangehen soll. Er steht auf und nimmt das Ge-spräch entgegen. Ich lausche noch ein wenig dem Ambiente. Klassi-sche Musik fand ich immer langweilig, aber diese gefällt mir. Fröhlich und spannend klingt sie. Selten habe ich mir Gedanken um mein Aus-sehen gemacht, aber gerade jetzt habe ich das Gefühl mich anpassen zu müssen. Stuart zu gefallen, also gehe ich mich frischmachen. Da steht Stuart mit dem Rücken zu mir im Gang und telefoniert. Gerade noch höre ich wie er sagt „das glaubst Du noch nicht im Ernst. Fi-ona? Dieses Bauerntrampel. Rendezvous, so ein Blödsinn."

Das reicht mir um auf dem Absatz kehrt zu machen. Was habe ich mir denn eingebildet. Scheiß auf Romantik. Stuart hat Hunger. Wir sind nur als Freunde hier. Mist. Am liebsten würde ich das Restaurant verlassen, aber was würde Stuart denken. Ich setze mich an den Tisch. Nur mit Mühe kann ich die Tränen zurückhalten. Ich darf nicht heu-len. Reiß Dich zusammen, Fiona. Womit hast du denn gerechnet? Stuart ist einfach nicht dein Kaliber. Ich schiebe die Blumen auf dem

Tisch an die Seite und blase die Kerzen aus. Schon besser. Stuart kommt zurück. Er grinst mich an wie ein Honigkuchenpferd. Gut, dass das Essen gerade kommt.

Ich will nach Hause.

Stuart

Ein Kollege von mir, Geoffrey, hat im Wald Spuren eines Wilderers gefunden. Die Fußspuren führten in meinen Teil des Naturschutzgebietes. Gerade hat er mich auf dem Handy angerufen. Hoffentlich regnet es heute Nacht nicht, so dass ich morgen noch die Spuren weiterverfolgen kann. Neue Wilderer kann ich hier wirklich nicht gebrauchen und Wildcamper, die die Luft der Wildnis schnuppern wollen und sich selber im Wald verpflegen, kann ich auch nicht leiden. Schon zu oft hat so ein Lagerfeuer einen Waldbrand entfacht und unüberlegtes Herumjagen die Tiere aus ihrer normalen Umgebung vertrieben. Ich lege auf. Darum mache ich mir morgen früh Gedanken. Jetzt lasse ich es mir erstmal schmecken. Fiona sieht echt unpassend aus in dieser pikfeinen Umgebung. Das meinte auch Geoffrey. Er fand es tierisch lustig, dass ich mit Fiona in diesem Restaurant bin. Wollte uns ein Date unterstellen. Blödsinn. Ich muss grinsen. Vielleicht hätten wir besser zum Italiener gehen sollen. Eine Pizza passt besser zu Fiona und ihrer Latzhose, die sie natürlich auch heute trägt. Egal. Irgendwie sieht sie sogar süß aus, wie sie sich gerade nervös die schwarzen Haare zurückstreicht. Was die Leute sagen interessiert mich nicht und ich liebe den Lachs in Wildkräutersoße, der hier angeboten wird.

Dani

Sankt Josephs Kapelle, ich bin nervös. Suche nach ihm. Da steht er.

Mein Traummann.

Schick ist er in seinem schwarzen Smoking. Max ist aufgeregt. Das kann ich ihm ansehen. Er knibbelt an seinen Fingern herum. Er hat mich noch nicht gesehen.

Neben ihm steht Jonah. Auch im Smoking. Mein kleiner, großer Junge. Die blonden Haare cool zurück frisiert, er sieht ein wenig aus wie Draco Malfoy aus Harry Potter, nur halt in nett. Jonah hat mich entdeckt und lacht. Er sieht glücklich aus.

Die Musik setzt ein. Ich gebe Sofia ein Zeichen und sie geht in ihrem rosa Kleidchen voran. Die rotblonden Haare rund um den Kopf geflochten. Aufgeregt geht sie vor und streut Blumen in den Gang der kleinen Kapelle. Als Max die Orgel hört, dreht er sich um. Sein Gesicht hellt sich sichtlich auf, als er mich sieht. Sein Mund steht offen. Anscheinend gefalle ich ihm in meinem weißen Tüllkleid und der langen Schleppe. Oben hat das Kleid eine ärmellose Korsage und ein langer Schleier bedeckt Schultern, Rücken und Gesicht.

Ich bin nervös. Warum eigentlich?

Wir haben doch schon standesamtlich geheiratet.

Aber dieses Mal sind wir komplett. Jonah, Freunde aus Helena, Gott. Perfekt. James geht neben mir, auf seinen Stock gestützt. Langsam schreiten wir zum Altar.

Ich bin glücklich.

Als die Zeremonie vorbei ist, gehen wir in ein kleines Restaurant. Wir und unsere Gäste füllen es komplett, obwohl wir weniger als 20 Personen sind. Die Stimmung ist prima, die Tische sind komplett weiß eingedeckt, silberne Lüster mit weißen Kerzen erleuchten den Raum, unter der Decke des Raumes schweben hunderte weißer LED-Luftballons. Es wird gratuliert, gelacht und gequatscht. Wundervoll.

Sofia und Jonah tanzen auf der kleinen Tanzfläche. Sie sind unbeschwert. Endlich.

Es wird mir klar: Es war die beste Entscheidung meines Lebens hierher zu ziehen!

Glücklich setze ich mich. Max sieht mich an. Auch er sieht glücklich aus. Er nimmt meine Hand und drückt sie fest. Sein Lachen sagt alles.

Stunden später, liegen wir müde und zufrieden in unserem Bett im Hotel. Das Zimmer ist schick. Hell, freundlich und hat einen Whirlpool direkt neben dem Bett. Fiona und die Kinder teilen sich ein anderes Zimmer, damit wir unsere Zweisamkeit genießen können und das tun wir. Jede Menge Kerzen haben wir angezündet.

Der Raum versprüht Romantik pur. Es dauert ein wenig, bis Max mir die Schnüre an meiner Korsage lösen kann, aber als ich dann mit meinen halterlosen, unschuldig weißen Strümpfen vor ihm stehe, den Slip herunterziehe und ihm helfe seinerseits schnell aus den schicken Klamotten zu kommen, kann ich mich kaum zügeln. Ich möchte mit ihm schlafen. Er ist mein Mann und ich seine Ehefrau.

Vor Gott vereint. Also kommen wir unseren ehelichen Pflichten nach. Im einen Moment halten wir uns noch an den Händen und genießen den Anblick des anderen, um diesen Moment für die Ewigkeit zu speichern und im nächsten Moment fallen wir über einander her. Leidenschaftlich. Max ist ein toller Liebhaber.

Zärtlich beginnt er mich zu küssen. Meinen Mund, meine Nase, meine Augen, meine Ohrläppchen, „ich liebe Dich, Dani, Danke für alles!" haucht er mir ins Ohr. Ich fühle mich frei. Begehrt, geliebt, weiblich und sexy. Ich erwidere seine Liebeserklärung indem ich mich bücke, nehme seinen Penis in die Hand und spüre freudig erregt, wie er noch weiter anschwillt. Ganz langsam bewege ich meine Hand auf und ab. Max stöhnt lustvoll auf. Dann nimmt er meine Hand weg.

Er hebt mich hoch und legt mich auf das weiche, weiße Bett. Vorsichtig spreizt er meine Beine und beginnt mit seiner Zunge mich zum Wahnsinn zu bringen. Meine Brustwarzen richten sich auf. Mein Becken biegt sich ihm entgegen.

Ich will mehr.

Wohlig warme Schauer ziehen von meinen Füßen, die noch immer in den hohen weißen Schuhen stecken, hinauf zu meiner Vagina, über meinen flachen Bauch zu meinen wohlgeformten kleinen Brüsten, meinem Hals, den ich ihm mich ergebend entgegenstrecke. Ich versuche den Kopf zu heben, aber mir wird schwindelig.

Der Sekt und die Erregung bilden einen ausgeprägt geilen Zustand. Ich spüre wie der Orgasmus kommt. Aber ich will ihn, seinen Penis in mir spüren. Tief in mir. Will mit ihm eins sein. Ich greife seinen Kopf und gebe ihm zu verstehen das ich mehr will. Spreize meine Beine noch weiter. Max schiebt sich hoch. Sein großes Stück schiebt sich an meinem Bein hoch. Hart und zielgerichtet. Langsam, ganz langsam schiebt sich seine Eichel in mich. Dann folgt der Rest. Er füllt mich aus. Meine Vagina zieht sich zusammen.

Max fühlt meine Gier und gibt mir was ich brauche. Er richtet seinen Oberkörper auf und stößt in mich hinein. Mit jedem Stoß glaube ich höher zu fliegen. Das Kribbeln weitet sich von meinem Inneren aus. Mittlerweile glaube ich, dass mein ganzer Körper vor Lust glüht. Wieder stößt er zu. Wundervoll.

Fast habe ich das Gefühl uns von oben beim Sex beobachten zu können. Ich schließe die Augen und genieße die Explosion. Ich fühle genau, wie sein Sperma in meine Gebärmutter schießt.

Max atmet schwer. Lässt sich langsam auf mich sinken, ohne sich aus mir heraus zu lösen. Vorsichtig dreht er mich auf die Seite, damit sein Gewicht mich nicht erdrückt. Ich öffne die Augen und sehe ihn an. Meinen Mann. Max.

Oh ja, er macht mich glücklich! Bei ihm bin ich sicher!

Stuart

Ich war noch nie in meinem Leben bei einer kirchlichen Hochzeit. Heute haben Max und Dani geheiratet. Es war echt schön. Also wenn man auf so romantisches Zeug steht. Ein wenig schäbig kam ich mir in meinem uralten Anzug schon vor, aber ich konnte ja nicht ahnen, dass sich alle so schick machen würden. Max und Dani sind ja sonst eher sportlich und praktisch gekleidet und plötzlich sehen sie aus wie Filmstars in ihren stylischen Sachen, Bergen aus Deko und der feierlichen Stimmung. Ich war schon kurz davor wieder abzuhauen, weil ich mir fehl am Platz vorkam, aber Max und Dani waren so lieb und haben gesagt ich würde doch toll aussehen und ich soll mir keine Sorgen machen. Also bin ich geblieben und habe mir einen Platz in der Kirche gesucht. Immer wieder habe ich mich umgesehen und Fiona gesucht, aber ich konnte sie nicht finden. Erst als ich dann nach vorne zum Altar geschaut habe, sah ich sie. Fast hätte ich sie nicht wiedererkannt.

Ich war baff. Wo ist die kleine, pummelige und schroffe Fiona hin? Vorne beim Pastor stand ein kleiner Engel.

Die dunklen Haare zu einer filigranen Hochsteckfrisur geformt, das Gesicht geschminkt. Rosa Lippen, große, fröhliche Augen, Lange Ohrringe und dann weiter unten: Das Kleid. Ich habe Fiona noch nie in einem Rock gesehen. Geschweige denn in einem Kleid. Noch nie hat sie etwas Körperbetontes getragen. Und dann sehe ich sie in diesem hellblauen Kleid. Perfekt ihre weiblichen Kurven umspielend, sexy, an den richtigen Stellen eng. Sie hat Brüste. Und was für Brüste. Prall, knackig und verlockend sitzen sie in dem feinen Stoff nur leicht verpackt. Ihre Beine. Schlank und leicht gebräunt enden sie in goldenen Sandalen mit riesigem Absatz, die sie an den Füßen trägt. Sie hat sogar rosafarbenen Nagellack aufgelegt. Ich bin fassungslos. Sie ist wunderschön.

Wie konnte ich das übersehen? Ein Kumpel, mutig, lustig, gescheit, tierlieb und dann auch noch wunderschön. Fiona.

Ich kann es gar nicht erwarten mit ihr zu sprechen, da kommt sie auch schon auf mich zu und setzt sich neben mich. Aber was soll ich sagen? Es reicht leider nur zu einem nervösen „Hallo Fiona!". Sie lächelt nur kurz und wendet sich dann dem Geschehen vorne am Alter zu. Früher war sie doch nicht so reserviert. Seit wir vor 3 Wochen in Whitecourt essen waren geht sie mir aus dem Weg.

Habe ich etwas falsch gemacht?

Fiona

Gerade habe ich mit dem Pastor die Fürbitten abgesprochen, die ich vortragen werde und drehe mich um, da sehe ich ihn. Stuart, der Idiot. Wie konnte ich nur glauben, dass er mich nett findet. Gut, dass ich das Telefonat belauschen konnte, so weiß ich wenigstens woran ich bin. Früher einmal hat er mich zur Begrüßung umarmt. Jetzt sieht er mich an, als würde er sich gleich auf den Boden übergeben müssen und bringt nur ein karges „Hallo!" raus. Egal. Ich muss mich damit abfinden.

Die Trauzeremonie ist ergreifend. Eigentlich lässt mich sowas immer kalt, aber heute kann ich meine Tränen kaum zurückhalten. Stuart sieht mich seltsam von der Seite an. Holzklotz, er könnte mir wenigstens ein Taschentuch anbieten.

Als wir dann im Restaurant sind, weicht er mir seltsamerweise nicht von der Seite. Ich brauche Abstand, aber ich kann nicht rechtzeitig die Platzkärtchen mit unserem Namen vertauschen und schon sitzt er wieder neben mir. Die ganze Zeit spüre ich seinen Blick auf mir. Meine Wangen glühen schon. Vom Sekt oder von diesem seltsamen Gefühl ständig beobachtet zu werden. Es ist mir unangenehm. Selbstzweifel plagen mich. Hätte ich nicht nachgeben dürfen und protestieren sollen, als mich die Kosmetikerin so arg geschminkt hat? Ist der Ausschnitt zu primitiv? Der Rock zu kurz, die Schuhe zu hoch? Ein Wunder das ich auf ihnen laufen kann, aber ich scheine ein Naturtalent zu sein.

Stuart fragt mich ob ich tanzen will. Spinnt der? Warum nur? Langsam werde ich wütend. Will er mich noch mehr verunsichern? Heiß machen und fallen lassen? Veraschen kann ich mich alleine. Ich lehne also ab und gönne mir noch ein Glas Sekt. Kann er nicht einfach nach Hause fahren? Mist.

Ein Spiel wird gemacht. Ich hasse diese typischen Hochzeitsspielchen wie Reise nach Jerusalem oder an den Waden den Partner erkennen, sich gegenseitig füttern oder schlimmeres. Aber tue es meinem Bruder zuliebe, folge brav den Anweisungen einer Freundin von Dani und stelle mich mit allen anderen Gästen in einem Kreis rund um das Brautpaar auf. Schnell husche ich an die entgegengesetzte Seite. Stuart steht mir gegenüber. Das ist auch nicht besser, denn so kann ich seinen Blick nicht nur spüren, sondern genau sehen. Er starrt mich an. Reflexartig fahre ich mir über den Kopf, um zu überprüfen, ob meine Frisur noch sitzt. Alles okay. Meine Brüste sitzen noch im Kleid, mein Kleid hat keinen Riss, ich habe auf auffällig farbige Kost verzichtet, kann also keinen Dreck im Gesicht haben und so wächst mein Unbehagen.

Als Stuart dann ein paar Stunden später am Abend zu mir kommt, mir die Hände um die Taille legt und versucht mich zu küssen, platzt mir der Kragen. Ich ziehe ihn am Arm mit nach draußen und schreie los: „Spinnst Du? Was soll der Scheiß. Wieso küsst Du mich? Bist Du besoffen, oder was? Ich bin die fette, hässliche Fiona, schon vergessen? Mit mir hat man kein Date. Ich will nichts von Dir. Ich finde Dich Scheiße. Hau ab! Lass mich bloß in Ruhe!"

Als es raus ist, merke ich, dass Stuart nicht abhaut. Er steht vor mir. Die Schultern gesenkt. Er sieht traurig aus.

Oder gehört das alles zu seinem Plan mich zu verarschen? Also drehe ich mich um und gehe stampfend wieder hinein. Schnell widme ich mich dem nächsten Sekt und folge verwirrt dem bunten Treiben. Immer wieder geht mein Blick zur Eingangstür, aber Stuart kommt nicht mehr herein.

Stuart

Wie ein begossener Pudel stehe ich hier. Okay, ich habe es vielleicht übertrieben. Ich hätte Fiona nicht küssen sollen, schon gar nicht, weil sie den ganzen Abend nicht mit mir reden wollte und mir immer ausgewichen ist. Aber ich muss es mir wohl eingestehen. Ich bin verliebt. Verliebt in Fiona. Diese grünen Augen sehe ich noch vor mir, wenn meine längst geschlossen sind. Diese Haare. Ich vermisse sogar wie sie widerspenstig immer aus der Form fallen. Kaum zu bändigen. Ich sehe diese tolle Frau in dem wunderschönen Kleid mit Traummaßen und freue mich schon wieder darauf sie in ihrer Lieblingslatzhose zu sehen. Wie kommt das? War ich so blind die ganzen Jahre über?

Vielleicht hätte ich nicht so viel trinken dürfen, aber ich hatte das Gefühl die Chance nutzen zu müssen. Ihre Lippen sahen so verlockend aus. Da musste ich sie einfach küssen. Ihre Reaktion darauf hat mich erschreckt. Wie im Film. Erst Romantikfilm und jetzt Drama.

Sie findet mich scheiße. Irgendwie glaube ich ihr das nicht, aber ich akzeptiere lieber ihre Abfuhr und rufe mir ein Taxi das mich heimbringt, als noch weiter Mist zu fabrizieren indem ich ungewollt Dinge sage, die ich besser für mich behalte. Morgen ist auch noch ein Tag…

Fiona

Müde öffne ich die Augen. Zwar war ich nicht mehr lange auf der Hochzeitsfeier gestern, aber Jonah und Sofia haben bei mir im Bett geschlafen und ständig im Schlaf um sich getreten, so dass ich am Ende nur auf dem äußeren Bettrahmen gelegen habe und mir den linken Arm in die Schlafanzugshose stecken musste, damit er nicht aus dem Bett heraushängt. Ständig hatte ich eine Hand oder einen Kinderfuß im Gesicht. Wie machen Mütter das nur? Ich gähne und strecke mich. Diesen kleinen Anflug von Wachsein entdeckt Sofia sofort und springt jubelnd auf mich drauf. Sie versucht mich auszukitzeln und Jonah stimmt fröhlich mit ein. Mit Mühe schaffe ich es aus dem Bett und kann die Beiden - wie kann man nur am frühen Morgen so wach sein - nur mit der Aussicht auf ein Eis zum Frühstück besänftigen. Zufrieden legen sie sich aufs Bett und Jonah liest Sofia sein Lieblingsbuch über das Weltall vor. Kinder!

Ich gehe ins Badezimmer und versuche irgendwie wieder wie ein Mensch auszusehen, anstelle eines explodierten Igels. Meine Haare stehen in jegliche Richtung ab und unter den Augen habe ich noch die Reste meiner gestrigen Wimperntusche. Also gehe ich schnell unter die Dusche und versuche die Spuren des gestrigen Tages zu vernichten. Stuart geht mir nicht aus dem Kopf. Es tut mir leid, dass ich so grob zu ihm war, aber ich hasse Spielchen und er kam wirklich nicht glaubhaft rüber. Vielleicht war er nur nervös, betrunken und verwirrt? Schnell schiebe ich den Gedanken zur Seite. Ich habe richtig gehandelt. Als ich wieder meine blaue Jeanslatzhose und das karierte Hemd darunter trage geht es mir schon besser. Schnell noch die Chucks an und dann die Kinder fertigmachen. Nach dem Frühstück kann ich endlich wieder nach Hause. Hotels sind nicht so mein Ding und die Aussicht gleicht in gar keiner Hinsicht meinem wunderschönen Bergpanorama von daheim. Also Beeilung!

James

Es war eine traumhaft schöne Hochzeit. Meiner verstorbenen Rosie hätte es bestimmt gefallen. Sie wird immer ein Teil von mir bleiben. Dani erinnerte mich ein wenig an meine Rosie. Sie hatten dieselbe Hochzeitsfrisur und den gleichen verliebten Blick. Ich war sehr stolz sie zum Altar führen zu dürfen. Rosie damals und Dani jetzt.

Sie ist wie die Tochter die ich nie hatte, und ich bin sehr glücklich darüber. Ich weiß nicht, wann ich zuletzt eine Nacht in einem Hotel verbracht habe. Dieses geschäftige Treiben, die unterschiedlichen Menschen. Herrlich alles zu beobachten. Deshalb bin ich schon früh aufgestanden und habe mich im Frühstückssaal mit einem starken Kaffee niedergelassen. Auf einen Stock gestützt kann ich schon echt gut gehen. Was heutzutage medizinisch alles möglich ist, großartig!

In der Zeitung von Whitecourt habe ich einen Bericht über die Goldgräberzeiten gelesen. Anscheinend war das Gebiet vor hundert Jahren rund um den Jasper Park damals überflutet von goldgeilen Männern, von denen nur ein paar wenige das Glück hatten ein bisschen Gold zu finden. Es gab wohl nur eine große Goldader und diese ließ sich zur damaligen Zeit nicht schöpfen. Immer und immer wieder versuchten es die Goldgräber, aber das Gestein drumherum war zu widerspenstig und die Witterung sehr schwierig. Deshalb entschied die Regierung 1913 das komplette Gebiet zu einem Nationalpark zu machen, in dem es verboten war Bodenschätze zu vereinnahmen. Heute interessiert sich niemand mehr für die alten Goldgräberstätten. Kaum eine Goldgräberfamilie ist in Whitecourt oder Umgebung sesshaft geblieben. Nur vereinzelte Kinderattraktionen, wo die Kinder nach mit Goldfarbe angemalten Steinen in Bächen suchen können sind geblieben. Und ein Goldgräbermuseum gibt es auch. Ich beschließe einmal mit Jonah und Sofia dort hinzufahren. Die Kinder hätten daran bestimmt Spaß.

Da kommen auch schon Fiona und die Kinder. Fiona sieht leicht mürrisch aus. Am Rande bekam ich gestern Abend von einem Streit zwischen ihr und Stuart mit. Schade. Sie wären bestimmt ein tolles Paar. Manchmal steht man sich selber im Wege. Ich kenne das nur zu gut.

Genüsslich beiße ich in mein Brötchen. Ich glaube es ist schon Nummer 3. Lecker. Mit Frischkäse, Tomate und Schinken belegt.

Max und Dani biegen um die Ecke. Dani breit grinsend an Max geschmiegt. Max nicht weniger verliebt aussehend. Sie lachen und nehmen unter allseitigem „Guten Morgen!" an unserem Tisch Platz. Die Familie ist komplett, denke ich bei mir. Oder?

Fiona

Es stinkt. Ich zittere und mein Mageninhalt will raus.

Vor mir in meinem Bett liegt eine Wildkatze. Ein Puma um genau zu sein. Nein, er lebt nicht. Nicht mehr. Jemand hat ihn von der Kehle bis zum Bauch aufgeschlitzt und in meinem frisch bezogenen, kuscheligen Bett ausbluten lassen. Über dem Bett an der Wand steht in Blut geschrieben: „GEH! HURE!" Wieder übergebe ich mich auf den Holzboden. Keine Ahnung wie lange ich hier schon kauere. Ich habe schon viel in meinem Leben gesehen: Tote Tiere in Netzen, gewildert, verletzt, aber niemals wurde wegen mir ein Tier verstümmelt. Wer tut mir das an? Wer tut einem unschuldigen Tier so etwas an? Wer will mich hier nicht mehr haben? Ein einziger Name schießt mir in den Kopf. Stuart. Er kennt sich mit Tieren aus, er war letzte Nacht hier in der Nähe, mit ihm habe ich Streit, er weiß wie er in mein Haus kommt und wie er mich am tiefsten treffen kann.

Mir ist schwindelig und ich frage mich, wieso tut er mir das an? Okay, ich habe ihm eine Abfuhr erteilt, aber das rechtfertigt doch nicht solch eine bestialische Überreaktion. Ich reibe mir die Stirn. Was soll ich tun?

Ich bin es ja selbst in Schuld. Hätte ich nicht so heftig auf Stuarts Kuss reagiert, dann wäre jetzt alles gut. Mist. Soll ich die Polizei rufen? Und dann, Fiona? Dann kriegen Dani und Max und vor allem Jonah und Sofia Wind von der Sache. Sie können bestimmt nicht schon wieder Unruhe gebrauchen. Das hier ist eine Sache zwischen Stuart und mir und ich muss sie da raushalten.

Am besten ist ich entsorge den Puma, die rund 50 kg kriege ich irgendwie geschleppt, und stelle Stuart zur Rede. Dieser Mistkerl. Gut, dass ich nicht auf ihn reingefallen bin. Er ist echt ein krasser Psychopath! Das lasse ich nicht mit mir machen. Wenn er das wirklich war, dann kriegt er es so richtig mit mir zu tun!

Vielleicht sollte ich mein Gewehr mitnehmen.

James

Morgens brauche ich immer einige Zeit um meine alten Knochen in Gang zu bringen. Ich genieße es, hier in der Stille der Berge. Gerne bleibe ich auf der Bettkante sitzen, sehe durch das runde Fenster wie der Tag erwacht. Die Vögel eifrig auf Futtersuche oder den Partner anlockend, die mächtigen Bäume in all ihren Grünschattierungen oder wie jetzt gerade in den herrlichsten Orange- und Rottönen, die grauen Felsen dazwischen und unten im Tal den eisblauen, Berge spiegelnden See. Jeden Tag aufs Neue geht mir das Herz auf bei diesem Anblick. Welche Leistung Mutter Natur hier erbracht hat. Ehrfürchtig bin ich, ein Teil dieses großen Ganzen sein zu dürfen. Vor allem das ich in meinem hohen Alter noch diese Reinheit erleben darf. Dieses Abenteuer und noch dazu gekrönt von einer Familie die mich so herzlich aufgenommen hat. Jeden Morgen kommt Dani mit einem Frühstückskorb zu mir herüber. Immer um dieselbe Uhrzeit. Die Einladung von Dani und Max steht auch, täglich drüben bei ihnen zu frühstücken, aber ich habe gerne morgens meine Ruhe.

Mittags folge ich gerne der Einladung und esse gemeinsam mit ihnen. Heute habe ich mir vorgenommen einen Spaziergang zu machen. Ich kann zwar noch nicht weit gehen, aber selbst die nahe Umgebung hier ist sehenswert. Also schüttele ich meine müden Knochen, ziehe mich langsam an und mache mich nach dem Frühstück auf den Weg.

Bei dem grandiosen Wetter heute kann ich sogar mit dicker Jacke auf meiner eigenen kleinen Terrasse essen. Die Sonne erhellt die Terrasse komplett. Max, Fiona und Stuart haben wirklich tolle Arbeit geleistet. Sie haben ununterbrochen an meinem Haus geschuftet, als ich im Krankenhaus lag. Natürlich sind noch Kleinigkeiten zu tun, aber darüber freue ich mich auch sehr. Schließlich kann ich sagen, dass ich dieses Haus mit meinen eigenen Händen erbaut habe. Was soll noch im Leben folgen? Ich habe alles durch, bin wunschlos glücklich und kann nun meine restlichen Lebensjahre genießen.

Fröhlich schlendere ich mit meinem Gehstock, der nicht mehr wegzudenken ist und meinem Luftpolsterschuh - nächste Woche kann er entfernt werden - durch den Wald. Da ich mich selber atmen höre, mache ich lieber eine Pause und ruhe mich aus. Der kleine Bach, der hier munter sprudelnd durch die Felsen schlängelt bietet sich perfekt an. Dieser Stein hier am Wasser sieht fast aus wie eine Altherrenbank. Gemütlich ist es und die Sonnenstrahlen wärmen mich auf. Ich schließe die Augen und höre einfach nur in mich hinein und um mich herum. Der Wind lässt die Blätter rascheln, der Bach plätschert, Vögel zwitschert, zwischendurch der Ruf eines brünftigen Elches. Wundervoll.

Nach einer Weile bekomme ich doch einen kalten Popo durch den kalten Stein unter mir, und beschließe mich langsam wieder auf den Weg nach Hause zu machen. Ich greife meinen Stock und richte mich auf. Das Wasser glitzert. Aber was ist das? An einer Stelle glitzert das Wasser ganz besonders. Unter Mühe gehe ich näher ans Wasser heran und angele mit meinem hölzernen Gehstock nach dem Glitzerding. Nach einigen Versuchen, die mich schon zum Straucheln bringen, klappt es und ich kriege das glitzernde Etwas an mich herangeschoben. Mit einem Ächzen bücke ich mich, den kranken Fuß nach hinten ausbalancierend und greife zu.

Nass und schwer ist es.

Ich schiebe meine Brille zwischen mein weißes Haar, denn so kann ich besser sehen. Entweder ist das in meiner Hand einer dieser mit Goldfarbe angestrichenen Kindernuggets oder ich halte wirklich, echtes Gold in meiner alten Hand.

Da ich keinerlei Ahnung habe wie Gold aussieht, also so ein Nugget, natürlich kenne ich Goldschmuck, aber noch nie habe ich es in der ursprünglichen Form gesehen.

Am besten halte ich den Mund über meinen Fund, bis ich ihn in der Stadt habe untersuchen lassen. Ich will nicht das mich alle für verrückt erklären, erst recht keinen neuen Goldgräbersturm auslösen und außerdem rechne ich nicht damit, dass es wirklich was wert ist.

Aber meine Augen blitzen vor Abenteuerlust.

Meinen Fund ich die Hosentasche schiebend, begebe ich mich auf den Heimweg. Oben am Himmel ziehen große Raubvögel ihre Kreise, immer den Blick auf den Boden gerichtet. Die Herbstbäume biegen sich im leichten Wind und immer wieder fallen Eicheln, Kastanien und Blätter von den Bäumen.

Wundervoll. Es ist ein wunderbarer Tag!

Stuart

Was war denn das gerade eben? Wie eine Furie führte sie sich auf. Fiona war hier. Mit wütend blitzenden Augen, das Gewehr im Anschlag stand sie vor meiner Haustür. Sie brüllte mich an und aufgrund einiger Wortfetzen, die in mein von Kopfschmerzen geplagtes Hirn eindrangen, konnte ich 1 und 1 zusammenzählen. Sie hat einen abgeschlachteten Puma in ihrem Bett gefunden, und anscheinend hält sie mich für den Übeltäter.

Ich bin total geschockt. Und gleichzeitig verunsichert. Was habe ich gestern gemacht? Als ich von der Hochzeit nach Hause kam, habe ich mir noch ein paar Gläser Whiskey gegönnt und bin in den frühen Morgenstunden im Wald umhergelaufen, um einen freien Kopf zu kriegen. Keine Ahnung wie ich dann ins Bett kam, aber ich bin jedenfalls soeben aus eben diesem meinem Bett entstiegen, als Fiona einem Racheengel gleich angerauscht kam. Beziehungsweise den Rausch hatte wohl eher ich. Ein Blick auf die Uhr zeigt mir, dass es bereits Nachmittag ist.

Fiona zielt mit dem Gewehr auf mich. Seltsamerweise rechne ich nicht damit, dass sie abdrückt. Mehr Sorgen macht mir mein Blackout. Ich reibe mir die Stirn. Ein erbärmliches Bild liefere ich hier. Nur in Boxershorts und Socken bekleidet und total fertig. Ich kann mich selber nicht riechen. Sie ruft mir zu: „Wehe ich sehe dich noch einmal in meiner Nähe, dann knall ich dich ab, du perverse Mistsau!"

Bevor ich auch nur eine Silbe der Verteidigung sagen kann - habe ich etwas zu meiner Verteidigung zu sagen? - haut Fiona ab.

Scheiße! Erst gestern entdecke ich in Fiona meine absolute Traumfrau, mutiere zu einem sprachlosen, verliebten Teenager und gebe ihr einen übereilten Kuss. Dann besaufe ich mich und nun sitze ich hier auf den Stufen meines Holzhauses, starre in die Wildnis und muss Klarheit erlangen, ob ich selber ein wildes Tier bin. Natürlich war ich sauer über Fionas Reaktion auf den Kuss, und es gab heute Nacht Momente in denen ich ihr und mir am liebsten einen Arschtritt gegeben hätte, aber mir fehlt irgendwie ein ziemlich langer Zeitraum und ich hoffe nur bei allem was mir lieb und heilig ist, dass ich nicht derjenige war, der Fiona so etwas angetan hat.

Ich muss ruhig werden. Nachdenken. Wenn ich es nicht war, dann war es jemand anderes. Das heißt Fiona könnte in Gefahr sein!

Am liebsten würde ich mich in Fionas Haus auf Spurensuche begeben, aber sie hat mir gerade sehr deutlich zu verstehen gegeben, dies nicht zu tun.

Fiona sagte, der Puma sei aufgeschlitzt gewesen. Wo ist mein Jagdmesser? Eilig gehe ich ins Haus und suche. Küche, Wohnzimmer,

Fehlanzeige. Im Schlafzimmer vorm Bett stehen meine Schuhe. Dreckig. Im Schuh steckt mein Messer in der braunen Lederscheide. Es ist etwas schmutzig. Normalerweise ist es blitzblank. Was habe ich mit dem Messer gemacht?

Vielleicht hat Fiona wirklich Recht. Dann sollte ich mich von ihr fernhalten. Oh, mein Schädel fühlt sich an als würde er gleich platzen…

Nie wieder Alkohol!

Dani

Es ist Wahnsinn! Max hat mich heute Vormittag abgefangen, mich an die Hand genommen, mir gesagt was ich anziehen soll, dann hat er sich einen großen Rucksack auf den Rücken geschnallt und so sind wir losgezogen. Fiona und die Kinder winkten uns nach. Max wollte mir absolut nicht verraten wo es hinging. Puh, war der Weg steil. Ich sollte man wieder mehr Sport machen. Es ging immer weiter aufwärts. Bald schon ließen wir die Baumgrenze, die bei 2.000m liegt, hinter uns. Vorbei an kleinen Bächen, an bizarren Felsformationen, über wunderschöne mit Herbstblumen übersäte Wiesen immer weiter hinauf. Die Luft wurde langsam dünner und ich war ganz schön k.o., aber Max tröstete mich mit den Worten, dass wir sogleich am Ziel angekommen wären. Das letzte Stück mussten wir richtig klettern. Max musste mich von hinten anschieben und von oben ziehen, sonst hätte ich es echt nicht geschafft. Ich bin wirklich voll der Schlappi, naja, jedenfalls kam die Entschädigung prompt. Wir erreichten eine große Felsplatte, ungefähr 20 Quadratmeter groß. Sie ragte an einem Gipfel seitlich wie ein Sprungbrett hervor. Wunderbare Natur.

Hier oben angekommen, packte Max eine große Decke aus dem Rucksack, eine Schüssel mit herrlich süßen Walderdbeeren, zwei Plastikbecher und eine Flasche Champagner. Herzlichen Glückwunsch zum 1-monatigen Hochzeitstag, sagte er. Ich lachte und direkt unter uns wurde dadurch eine Bergziege aufgescheucht und sprang geschickt von Stein zu Stein. So lagen wir gefühlte Stunden nebeneinander und genossen die Ruhe. Hier und da pfiff ein Murmeltier und sogar ein Schmetterling hatte sich auf unsere Höhe verirrt. Echt seltsam. Max und ich sprachen nicht viel, das mussten wir auch gar nicht.

Es ist einfach Wahnsinn, wie klein man sich fühlt aber auch wie geborgen inmitten solcher Schönheit. Gegen Nachmittag dann kam an diesem warmen Herbsttag dann doch ein kühler Wind auf, die Wolken flogen über und neben uns hinweg und wir verabschiedeten uns von diesem traumhaften Ort. Ich dankte Gott, dass ich so etwas erleben durfte.

Der Abstieg war viel leichter und vor allem schneller. Hand in Hand schritten wir voll innerer Zufriedenheit unserem Zuhause entgegen. Wir wussten genau, dass wir immer, wenn uns etwas bedrückt oder der Alltag einfach mal zu stupide ist, wir an unserem Ort den Ausgleich finden würden. Welch schöne Überraschungen das Leben noch für uns bereithält? Manchmal ist es gut es nicht zu wissen, sondern sich überraschen zu lassen. Habt Ihr in letzter Zeit mal Euren Schatz überrascht? Nein? Na dann los…

Max

Ich musste mir wirklich oft das Lachen verkneifen, aber es war wirklich zu lustig wie Dani ungelenk und untrainiert versuchte mir den Berg hinauf zu folgen. Im normalen Leben ist sie so grazil, geschickt und ausdauernd. Vorhin nicht. Ich gebe zu, selbst mir, der ich viel Sport mache, ging zum Schluss etwas die Puste aus, vielleicht habe ich auch einfach längere Beine als Dani, aber am Ende zählt ja nur das wir es bis nach oben geschafft haben und das die Überraschung absolut geglückt ist.

Ich könnte ewig hier liegen bleiben. Keine Kinder, die etwas von uns wollen, keine lauten Stimmen, kein Gesang, kein Fernseher, kein Stress, keine Fiona, die unangemeldet hereinschneit. Perfekt. Nur meine Liebste und ich. Dani hat sich die dampfenden Schuhe ausgezogen und reckt gerade ihre wunderschönen Füße dem Himmel zu. Ich nehme sie noch enger in meinen Arm. Ihr Kopf liegt auf meiner Brust. Mir fallen keine Worte ein, die diesen Moment in all seiner Großartigkeit beschreiben könnten. Ich schließe die Augen, sauge Danis Duft, den Duft ihrer braunen Haare, tief ein und genieße.

James

Es schneit! Gerade war noch Herbst und jetzt schneit es plötzlich. Ich sitze an meinem Fenster im Schaukelstuhl, auch ein Resultat meiner eigenen Hände Arbeit. Wie hypnotisiert sehe ich den tanzenden Flocken zu, die mehr und mehr den Boden bedecken. Nur noch die Rasenspitzen schauen grün hervor. Hier drinnen bei mir ist es muckelig warm. Der Kamin strahlt wohlige Wärme aus und ich habe in den letzten Wochen, trotz meines Beines, jede Menge Kaminholz gehackt. Max und Stuart wollten mir helfen, aber Max soll selber für seine Familie und Fiona Holzhacken und Stuarts Hilfe wird momentan nicht gerne gesehen. Ich habe keine Ahnung was auf der Hochzeit von Dani und Max zwischen Stuart und Fiona passiert ist, aber ein freundschaftliches Verhältnis sieht anders aus. Stuart betritt das Gelände nicht mehr. Ich habe ihn das eine oder andere Mal auf meinen Streifzügen durch die Natur, natürlich immer mit meinem Handy in der Tasche, besucht und auch aus ihm ist kein Wort herauszukriegen. Sieht doch ein Blinder mit Krückstock, dass die zwei sich lieben, aber irgendetwas steht zwischen ihnen. Das werde ich aber auch noch rausfinden!

Als ich letzte Woche zur abschließenden Untersuchung meines Beines beim Arzt war, war dieser sehr angetan von der schnellen Heilung. Zwar werde ich nie weite Wege ohne Stock gehen können, aber ich bin schließlich keine 50 mehr. Da ich der Meinung war, die lange Autofahrt solle sich lohnen, ging ich mit meinem Goldnugget zum Goldschmied und ließ es untersuchen. Der Goldschmied, ein schnöseliger Mittvierziger, war ganz aufgeregt. Er sagte, seit sein Vater ihm vor vielen Jahren einmal ein Nugget gezeigt hat, da war er ungefähr 8 Jahre alt, hat er keins mehr gesehen. Jedenfalls nicht in dieser reinsten Form. Der Wert sei hoch.

Unbedingt wollte er wissen, woher ich es habe. Da ich es nicht verraten wollte, sagte ich es sei ein Erbstück von meinem Großvater aus Kalifornien gewesen. Der Goldschmied schien etwas enttäuscht, aber schluckte meine Geschichte. Schließlich sehe ich auch nicht aus wie ein Goldgräber.

Aber ich habe Gold gefunden. Echtes, pures Gold. Sobald es aufhört zu schneien, mache ich mich auf den Weg zum Bach. Vielleicht habe ich Glück!

Max

Es ist klirre kalt. Ich dachte früher oft mir wäre kalt, aber jetzt hier in dem Zentrum der Kälte, umgeben von diesen riesigen eisigen Bergen, wo alles überzogen ist von Eis und Schnee, wo Bäche zugefroren und Bäume zu sanften Riesen erfroren sind, die ihre langen Eiszapfen herunterstrecken, da weiß ich erst was Kälte heißt. Nachts wird es bis zu 30°Grad minus und noch dazu weht hier ständig ein frostiger Wind. Brrr. Zwar haben wir uns alle mit Thermokleidung eingedeckt, aber selbst wenn nur die Nasenspitze an die Luft kommt, spürt man die Kälte, als wenn tausend kleine Nadeln auf sie einstechen. Ich wusste auch bisher nicht, dass es wehtun kann zu gucken. Ja selbst die Augen schmerzen bei diesem Wetter. Fiona sagt, wir sollen uns möglichst viel drinnen aufhalten oder im Stall bei den Tieren. Das brauchte ich Jonah nicht zweimal zu sagen. Er liebt die Tiere. Sein Wunsch ist es Medizin zu studieren und Tierarzt zu werden. Ich glaube, dass würde perfekt zu ihm passen. Mit einer Engelsgeduld hegt und pflegt er kranke Tiere, und manchmal ist die Beziehung, die er zu den Tieren hat, fast ein bisschen unheimlich. Als ob er ihre Sprache spricht. Es tut mir und Dani gut ihn so ausgeglichen und glücklich zu sehen. Die alten Geister sind fort. Wir reden auch nicht über alte Zeiten. Wir leben im Hier und Jetzt. Außerdem redet Sofia die meiste Zeit. Sie ist eine Quasselstrippe. Sehr intelligent. Obwohl noch so jung, will sie unbedingt lesen und schreiben lernen, und ich nehme mir die Zeit gerne. Schließlich ist es meine Passion Lehrer zu sein. Dani schüttelt oft den Kopf, wenn ich eine kleine Schiefertafel in der Küche aufbaue und den Kindern in Lehrermanier die unterschiedlichsten Dinge beibringe. Aber ich erwische sie dabei, wie sie die Bücherschreiberei unterbricht, um heimlich auf der Treppe zu lauschen, wenn ihre Kinder glücklich meinem Unterricht folgen. Vielleicht will sie auch nur selber noch etwas lernen. Oder sie genießt die Harmonie. Ich wünschte, sie würde mehr darüber sprechen was sie beschäftigt, aber da beiße ich auf Granit. Meist führen meine Redeversuche zu ausschweifenden Sexeskapaden, die ich natürlich nicht missen möchte, ich bin ja auch nur ein Mann, aber ich würde Dani gerne etwas von den Altlasten abnehmen.

Schnell ziehe ich mir den dicken Anorak an, wickele mir den Schal gefühlte tausend Mal um den Kopf und gehe Holz holen. Gut das wir auf Fiona gehört haben und jede Menge Holz gebunkert haben. Mit diesem Winter hier ist nicht zu scherzen. Keine Ahnung wie Fiona es schafft ihre Arbeit zu erledigen. Oft geht sie morgens früh aus dem Haus und kommt erst bei Einbruch der Dunkelheit, also am Nachmittag, wieder. Das Gesicht rotglühend und zufrieden mit sich und der Welt.

Manchmal jedoch sitzt sie gedankenverloren auf dem dicken Stein am Ende der Wiese und schaut auf den See. Dann denke ich, dass sie vielleicht doch nicht so glücklich ist, wie sie immer vorgibt zu sein, aber hat nicht jeder Mensch auch mal das Recht auf Melancholie?

Bill, ein Lehrer aus dem Ort, hat vorgeschlagen mit ein paar Kindern Iglus zu bauen und eine Art Überlebenstraining in der Winterwildnis zu veranstalten. Ich glaube das wäre für mich eine gute Möglichkeit noch etwas dazuzulernen. Ich kann mir nicht vorstellen bei dem Wetter mehr als 3 Stunden draußen zu sein, geschweige denn dort zu schlafen. Bill sagt dazu muss es Neuschnee geben. Der Wetterbericht sagt ihn für das Wochenende voraus. Jonah würde gerne mitkommen, aber ich möchte nicht, dass er sieht, wie ich unmännlich, unfähig und zitternd ums Überleben kämpfe. Vielleicht nächstes Jahr. Die anderen Kinder sind auch schon um einiges älter als Jonah. Für Jonah bin ich ein starker Mann und dieses Bild soll er auch noch ein wenig behalten.

Mir ist jetzt schon kalt, wenn ich nur an das Wochenende denke. Schnell schnappe ich mir einen Holzstoß und trage ihn zum Haus hinüber. Der warme Ofen ruft.

Fiona

Manchmal könnte ich einfach nur kotzen. Alle Welt redet vom guten, tapferen und aufopferungsvollen Stuart. Wie nett er doch ist, wie hilfsbereit uns gutmütig. Würg! Würden sie das auch noch sagen, wenn sie wüssten was er mir angetan hat, was er dem armen Puma angetan hat?

Eigentlich hätte ich ihn melden müssen, anzeigen. Das Schwein. Als ich ihn zur Rede gestellt habe, hat er noch nicht einmal versucht die Schuld von sich zuweisen. Ehrlich gesagt sah er ein wenig verpeilt aus. Halbnackt und verkatert. Aber Alkohol kann das nicht entschuldigen. Er hat seitdem nicht versucht sich zu entschuldigen, oder sonst wie mit mir Kontakt aufzunehmen. Ist auch besser so. Obwohl er mir manchmal ganz schön fehlt. Oder eher sein Rat.

Als ich gestern unterwegs im Wald war, habe ich Fußspuren gesehen. Von einem Mann. Mittlere Größe, mittleres Gewicht. Wie Stuart. Die Spuren zeigten ein geriffeltes Muster, im Schnee besonders gut zu erkennen und gingen im Umkreis von 50m rund um unser Grundstück herum. Mehrmals. Als ob jemand wie ein Tier hierum stromert und uns beobachtet. Mich beobachtet. Unheimlich.

Manchmal gibt es mir einen Stich ins Herz, wenn ich an ihn und seine Blicke denke. Eigentlich habe ich mir ja gewünscht, dass ich ihm gefalle, aber erst abweisend und jetzt Stalker? Ganz schön seltsam. Vielleicht sollte ich doch noch einmal mit ihm das Gespräch suchen…

Ich habe James, Max und Dani empfohlen nachts den Riegel vorzulegen und halte mich auch selber dran. Selbstverständlich habe ich Dani nix von Stuart erzählt, sondern dass es hier in der Nähe in letzter Zeit ein paar harmlose Schmuckdiebe gab, wahrscheinlich Teenager und sie sicherheitshalber abschließen sollen. Das ist total entgegen meiner sonstigen Offenheit.

Aber Vorsicht ist die Mutter der Porzellankiste!

Dani

Heute war ich mit den Kindern und Max unten am See. Wir haben uns dick eingepackt in Mützen, Handschuhe, flauschige Jacken und warme Schuhe. Haben den Rucksack mit Kuchen, Wurst und Thermoskannen voll Tee gefüllt und sind losgestapft.

Natürlich hatten Sofia und Jonah ihren Schlitten dabei. Ein riesiges Holzteil. Manchmal kann ich nicht hinsehen, wie sie die Hänge herunterrasen, aber Jonah ist phantastisch geschickt und lenkt um alle Felsen und Baumstümpfe herum. Natürlich legen sie auch schonmal eine Bruchlandung hin, aber dann kann man sie schon von weitem Kichern hören. Das schönste Geräusch der Welt.

Unbeschwert toben sie umher. Ziehen sich gegenseitig auf und als wir bei unserem Picknickplatz sind, einem Felsvorsprung, der mächtig über uns liegt und uns ein wenig Schutz vor dem Wind bietet, jedoch die Aussicht auf das phantastische Panorama der kanadischen Bergwelt freigibt, kuscheln wir uns alle aneinander. Die Popos dicht an dicht auf die Thermomatte gedrängt, in der Hand einen dampfenden Tee und so genießen wir das Leben.

Es scheint, als würde der Berg doppelt vorhanden sein. So klar ist sein Spiegelbild im Wasser.

Ein Adler, ja ein richtiger Weißkopfseeadler, zieht seine langen Kreise über den Baumgipfeln und aus der Ferne hört man den tiefen Brunftschrei eines Elches. Wahnsinn.

Sofia und Jonah haben feuerrote Wangen. Ihre Gesichter versprühen Gesundheit. Es geht uns gut. Gibt es einen schöneren Ort auf der Welt der uns so glücklich macht?

Sofia

Schnee ist toll. Am schönsten ist es, wenn Mama, Jonah, Max und ich zusammen sind. Heute ist das Wetter prima. Wir sind mit dem Schlitten runter zum See und haben Picknick gemacht. Picknick ist das tollste. Es gab Kuchen. Mama schimpfte gar nicht, obwohl mir so viel danebenfiel. Zuhause schimpft sie immer, wenn ich Sauerei mache. Und es gab leckere Wurst. Mein Opa, also der Papi von Max, ist Metzger und schickt uns manchmal was Leckeres. Diese Mettwürstchen ohne Stückchen mag ich am liebsten. Als es dunkel wurde hat Max gesagt ich soll mich auf den Schlitten legen und dann hat er mich den ganzen steilen Berg nach Hause hochgezogen.

Jonah war stinkig, weil er laufen musste, aber er ist ja schon groß. Hihi.

Jonah

Manchmal, an Tagen wie heute, finde ich es hier wunderschön. So mit der Familie und die Ruhe und die Tiere und so, aber oft wünschte ich mir, wir wären noch in den USA und ich würde ganz normal in die Schule gehen. So mit Klassenfahrt und Fahrradprüfung, viele Freunde die ich nach der Schule besuchen könnte und nicht wie hier, wo ich Zuhause unterrichtet werde. Wann sehe ich schon andere Kinder? Natürlich ist die Gegend hier toll und es ist auch abenteuerlich, aber am liebsten möchte ich normal sein. Hier habe ich so viel Zeit für blöde Gedanken. Mama sagt das vergeht mit der Zeit und ich soll einfach Geduld haben. Ob ich ihr glauben kann?

Naja, aber die Tage gehen ja noch. Nachts ist es oft schrecklich. Dann träume ich davon von einem gesichtslosen, bösen Wesen in einen dunklen Tunnel gezogen zu werden, immer weiter und weiter. Um mich herum wie verschwommen geht das normale Leben weiter. Alle lachen, haben Spaß, viele Kinder sind da und Mama und Papa. Ich aber kann nicht um Hilfe rufen, kann nichts sagen, ich muss einfach immer weiter und weiter hinab. Es wird noch kälter und kälter, mein Atem raucht, und wenn ich kurz davor bin ganz unten in der tiefsten aller Dunkelheiten anzukommen, dann schreck ich auf. Meist zwitschern dann schon die Vögel, aber ich bin schweißnass und brauche einige Minuten um zu sehen, dass es mir gut geht. Gegenüber im

Zimmer liegt dann Sofia in ihrem Bettchen, schnorchelt leise und träumt bestimmt von pupsenden Einhörnern oder so 'nem Mädchenkram.

Wieso kann ich nicht einfach von lieben Tieren, Wasserbahnen oder Autorennen träumen? Manchmal versuche ich ganz lange aufzubleiben, damit ich zu müde zum Träumen bin. Manchmal hilft's.

Ich traue mich nicht es Mama oder Max zu sagen, denn die machen sich so schnell Sorgen und schleifen mich zum nächsten Arzt, aber vielleicht könnte ich mal mit Fiona sprechen. Ich habe das Gefühl das sie mich versteht. Sie ist so cool.

Max

Seltsam, wie unterschiedlich die zwei Kinder sind. Jonah, der Pessimist, entweder himmelhochjauchzend oder zu Tode betrübt und Sofia, die immer etwas Positives sieht. Klar, verstehe ich, dass Jonah eine Menge durchgemacht hat, aber ich finde es schade ein Kind zu sehen das nicht unbeschwert ist. Hoffentlich heilt die Zeit seine Wunden. Hier in den Bergen ist es schön, sicher und weit weg von allem Übel, aber ich denke auch sehnsüchtig an das Stadtleben zurück. Ein paar Monate in der Wildnis reichen mir ehrlich gesagt. Ich habe Dani gegenüber mal eine Andeutung gemacht, aber auf dem Ohr ist sie taub. Für sie gibt es keinen Weg zurück. Ich kann sie ja verstehen.

Trotzdem bin ich manchmal kurz vor einem Lagerkoller. Dieses enge Haus, dann noch der viele Schnee. Wir sind oft tagelang eingeschneit, wilde Tiere um uns herum. Sicherheit sehe ich anders. Durch meinen Jagdschein und das Schießtraining im Wald fühle ich mich mit meinem Gewehr über dem Kamin zwar nicht bedroht, aber selbst meine unbeschwerten Tage sind vorbei. Können wir wenigstens Sofia von alldem fernhalten? Diese strahlenden Augen. Wie sie mich ansieht, mir zuzwinkert und mich Papa Max nennt. Einfach großartig.

Vielleicht könnten wir in einiger Zeit in den Ort ziehen. Uns Menschen wieder annähern. Wenn die Narben verblassen und genug Gras darüber gewachsen ist. Das wäre schön!

Danis Blick trifft mich. Wir sitzen alle vier beieinander am See. Danis Augen sind fröhlich. Entspannt. Herrlich. Ich lächele ihr zu. Sie gibt mir einen Kuss. Lang und warm. Sofia kichert. Max verdreht die Augen. Er findet küssen ekelig.

Ich bin gespannt, wohin uns das Abenteuer Leben noch führt.

Dani

Soeben noch glücklich und entspannt ist nun alles anders. Meine Wangen kribbeln. Mir ist eisig kalt. Ich sitze in unserem Wohnzimmer auf dem Sofa und lese ein Buch. Eine Liebesschnulze. Max ist in der Dusche, Jonah und Sophia schlummern friedlich in ihren Betten. Der Mond scheint durchs Fenster. Alles ist ruhig. Bis auf das leise Dudeln des Radios im Hintergrund. Total entspannend. Und was mache ich? Ich Nervenbündel. Ich zittere vor Kälte, während ich merke, dass sich unter meinen Achseln Schweißränder bilden. Meine Beine zittern. Die Muskeln versuchen die Beine vom Sofa anzuheben. Mit mäßigem Erfolg. Mein Nacken tut weh, mein Brustkorb wird eng, mein Hals ist wie zugedrückt und ich fühle wie mein Herz rast und bis in den Hals schlägt. Meine Adern an den Handinnenflächen scheinen blau hindurch. Da der Kamin an ist und ich unter einer dicken Decke eingewickelt liege, kann es eigentlich nicht kalt sein. Doch es ist wohl nicht die Kälte, die mir Probleme macht. Ich habe Angst. Panik. Vorm Sterben. Dem Tod meiner Liebsten, meinem eigenen Tod, Angst davor, dass ich einen Herzinfarkt kriegen könnte und mich meine Kinder finden könnten. Ich bin noch zu jung zum Sterben. Ich will nicht sterben. Mein Arzt sagt das werde ich auch nicht, dass ich kerngesund bin, aber wieso habe ich dann solche Angst. Natürlich, ich habe eine Menge mitbemacht, aber es ist doch jetzt alles gut, sagt mein Verstand. Wir sind gesund, in Sicherheit. Das

Leben ist schön. Wir haben Spaß. Ich stehe auf, gehe in die Küche und schlucke schnell 2 Beruhigungstabletten, die mir der Doktor verschrieben hat. 30 Minuten bis die Wirkung einsetzt. Hoffentlich merkt Max nichts. Er macht sich sonst nur noch mehr Sorgen und ich merke, dass er sich hier nicht so wohl fühlt wie ich. Meine Hände mit dem Wasserglas zittern. Schnell atmend wie nach einem Dauerlauf gehe ich wieder zum Sofa, rolle mich in die Decke ein und warte auf die Erlösung. Meine Oberschenkel hören nicht auf zu zittern. Max kommt. Ich stelle mich schlafend. Ich liebe Dich, Max, aber ich kann Dir nicht erklären, was mit mir passiert. Ich weiß es ja selber nicht.

Zeit. Ich brauche Zeit.

Vielleicht ist es ja ein gutes Zeichen, dass ich jetzt alles, was ich erlebt habe, gerade verarbeite und dann als megastarke Person daraus gehe.

Das hoffe ich jedenfalls.

Wenn es nicht besser wird, dann muss ich mit Max reden. Ich gebe mir noch 8 Wochen, dann flaut der Winter langsam ab und mit jedem Sonnenstrahl festigt sich bestimmt auch mein Nervenkostüm.

Max

Campen im Wald. Ehrlich gesagt habe ich es mir schlimmer vorgestellt. Natürlich die Kälte ist schrecklich. Die 6 Kinder und Bill gehen irgendwie besser damit um. Ich bin so schrecklich verwöhnt. Am anstrengendsten war es jedoch die Iglus zu bauen. Steine aus Eis und festgetrampeltem Schnee aussägen, schleppen, stapeln. Mann, was war ich geschafft. Aber als die 2 Iglus standen und in jedem ein kleines Feuer brannte, erkannte ich die Genialität dieser Erfindung. Nie hätte ich gedacht, dass ein Iglu so praktisch und vor allem warm sein könnte. Wir ruhten uns auf unseren Isomatten und Schlafsäcken aus, kochten eine Suppe und aßen zufrieden. Morgen würden wir zum Bach gehen, ein Loch frei hacken und angeln. Bill, dieses Tier, ist sogar der Meinung es gäbe Pilze, die unter der vereisten Wiese wachsen. Ich bin gespannt.

Für den Notfall, falls sich ein Kind, oder wir, verletzt, sind wir nicht weit von unserer Farm entfernt. Dort gibt es ein Telefon und Medizin. Die Kinder sollen zwar das Überleben in der Wildnis erlernen, aber es wäre sonst wirklich zu gefährlich, das gibt sogar Bill zu. So konnten wir unnötiges Gepäck und Handys Daheim lassen und uns auf die menschlichen Grundbedürfnisse konzentrieren.

Als wir am Morgen die Steine vom Eingang unseres Iglus entfernten staunten wir nicht schlecht. Es hatte getaut. Gestern hatten wir minus

20 Grad und heute Plusgrade. Verrücktes Wetter. Der Himmel ist grau in grau. Auch das andere Iglu öffnete die Luke und Bill trat heraus. Die Kinder lärmten umeinander und Bill schickte sie mit Schaufel und Hacke bewaffnet zum Holzsammeln. Die hungrige Meute tat alles um zu einem sättigenden Frühstück zu gelangen und spurtete los. Bill war nervös. Er zeigte mir Spuren die um die Iglus herumführten. Geriffelte Sohlen. Männergröße. Seine Fußabdrücke hatten tiefe Rillen, meine ein geschwungenes Muster. Jemand war heute Nacht hier gewesen. Seltsam. Wer treibt sich bei diesem unbeständigen Wetter in dieser Gegend herum? Vielleicht war es Stuart, der ein Auge auf unsere Sicherheit werfen wollte. Ansonsten sieht man hier in der Gegend monatelang keinen Fremden. Bill sagt mir, dass er heute Nacht draußen schlafen will. Ich halte ihn für verrückt, aber er weicht nicht von seinem Plan ab. Entweder er hält Wache, oder wir brechen das Survivaltraining ab. Hoffentlich wird es heute Nacht nicht allzu kalt. Also ich würde nicht draußen schlafen wollen. Bill und ich gehen zum Bach. Hacken ein Loch und holen Wasser. Kaffee gibt es nicht. Der einzige Luxus war die mitgebrachte Suppe von gestern. Heute gibt es nur das, was wir fangen oder finden. Fisch zum Frühstück.

Na lecker!

James

Es hat getaut. Prima, also kann ich heute zum Bach gehen. Ich ziehe mir meine wasserfesten Stiefel an, schnappe mir Eimer, Schaufel und Hacke, und spaziere los. Schnell finde ich die Stelle, an der ich das Goldnugget herausgefischt habe und steige auf das poröse Eis. Geschickt hacke ich mir eine freie Stelle. Mit einer Schüppe hole ich Sand und Steine heraus und durchsuche sie mit meinen eiskalten Fingern. Wasser macht die Kälte nicht wirklich besser. Schon nach der dritten Ladung finde ich wieder ein Nugget. Glänzend. Kleiner als das erste, aber eben auch ein Goldstück. Wahnsinn. Es war also kein Zufall. Was war das? Ich höre ein Knacken. Schnell drehe ich mich in die Richtung, aus der das Geräusch kam. Ein Schatten. Jemand läuft davon. Verdammt. Es hat mich jemand gesehen.

Es dauert einen Moment, bis ich mich mit Hilfe meines Stockes aus dem Flussbett emporgekämpft habe und zu der Stelle komme, an der bis vorhin noch irgendjemand gestanden hat. Spuren. Ich folge den Spuren. Es werden mehr. Es wimmelt plötzlich nur so von Fußspuren. Da höre ich auch schon Stimmen. Viele und junge Stimmen. Stimmt ja, Max und Bill sind mit ein paar Kindern hier um ein Wildnis Wochenende zu verbringen. Ich sage schnell noch Hallo und dann gehe ich meine Sachen einsammeln. Meine Hände tun weh und sind tiefrot vor Kälte. Max freut sich sehr mich zu sehen und fragt, ob ich schon hier gewesen bin. Ich sage das ich das nicht glaube, aber unsicher bin, denn die Iglus sind schnell zu übersehen und liegen auf dem direkten Weg zwischen meinem Haus und dem Bach. Ich bin jedenfalls froh, dass es nur die Kinder waren, die dort am Bach herumgestreunt sind. Ich darf einfach nicht immer schwarzsehen.

Ab nach Hause unter die warme Dusche!

Max

Guter alter James. An ihn hatte ich gar nicht gedacht. Dass er bei diesem Wetter aus dem Haus geht. Ihn hat wohl die Abenteuerlust gepackt. Soll er ruhig. Die letzten Jahre in denen es ihm gut geht noch genießen. Das Alter zwingt ihn noch früh genug zur Ruhe. Mir wäre es auch lieber viel zu erleben und dann jünger zu sterben, als immer auf Vorsicht bedacht langweilig und senil dahinzuleben.

Bill ist sichtlich erleichtert, dass es wohl James war, dessen Spuren wir gefunden haben. Wir witzeln noch, dass wir Glück hatten und er uns nicht ins Iglu gefallen ist. Die schöne Arbeit wäre hin gewesen.

Fisch zum Frühstück war gewöhnungsbedürftig, aber nicht schlecht. Wir haben tatsächlich Pilze gefunden, die ich lieber nicht gegessen habe und am Abend, als die Kinder - hauptsächlich die Jungs - schon tief eingerollt in ihren Schlafsäcken schliefen, haben Bill und ich uns noch ein paar Schluck Rum aus dem Flachmann gegönnt. Der Himmel ist sternenklar. Es wird heute Nacht bestimmt wieder sehr kalt werden. Bill fängt an das Lagerfeuer zu löschen und wir kriechen in unsere Iglus und versperren mit den Eisblöcken den Eingang.

Müde falle ich in einen tiefen, traumlosen Schlaf.

Fiona

Es ist kurz nach Mitternacht, als ich aus dem Schlaf gerissen werde. Hilferufe. Näherkommend. Schnell spurte ich die Treppe hinunter, springe in Jacke und Stiefel, greife mein Gewehr und reiße die Haustür auf. Im hellen Mondlicht sehe ich Kinder auf mich zu laufen. Gefolgt von Max und Bill, die ich erst erkenne, als sie schon im Hof sind. Ich halte die Haustür auf und lasse sie hereinkommen. Was ist nur passiert? Die Kinder sind total verschreckt. Ich mache Feuer im Kamin und lasse Bill berichten: „So ein Scheiß, Fiona, das ist mir noch nie passiert. Das Gebiet hier gehört Dir doch, oder? Ist es irgendwem enteignet worden, der einen Groll gegen die Neuankömmlinge hegt?" Ich verneine und er fährt fort. „Am Morgen nach der ersten Nacht habe ich Fußspuren entdeckt die um unsere selbstgebauten Iglus herumführten. Ich wollte diese Nacht eigentlich draußen schlafen, um die Iglus zu bewachen, aber als James gestern leicht verwirrt auf uns traf, da dachte ich er wäre es gewesen, der auf dem Weg zu Bach herumgeirrt wäre und habe alle Bedenken zur Seite geschoben. Heute Nacht dann hörten wir jemanden Schreien. Dann brach unser Iglu ein und auch das andere Iglu, wie ich später sah. Jemand wollte uns loswerden. Fußspuren überall. Okay, die Iglus sind kaputt, niemand ist verletzt, aber dann sahen wir die toten Tiere. Überall lagen tote Tiere. Kaninchen, Hermeline, Fasane. Tot. Aufgeschlitzt und in einem Halbkreis um unser Lager herumgelegt. Mit Blut stand dort: GEHT FORT! Natürlich haben die Kinder Angst bekommen und sind sofort losgelaufen in Richtung Farm." Ich bin sprachlos. Gänsehaut am ganzen Körper. Max redet beruhigend mit den Kids, gibt den Kindern eine heiße Schokolade und bringt sie nach oben auf den Heuboden, damit sie noch ein bisschen Schlaf kriegen.

Jetzt kann ich nicht mehr. Tränen brechen aus mir heraus. Ich erzähle Max und Bill schluchzend von dem Streit mit Stuart und dem Puma in meinem Bett. Sie sind fassungslos. Max bleibt im Haus bei den Kindern. Sein Haus bleibt dunkel. Zum Glück haben sie nichts von dem Theater mitbekommen! Bill und ich gehen zum Lagerplatz. Die Fußspuren sind klar zu erkennen. Die gleichen Fußspuren, die ich bei uns gefunden habe. Stuart, du kranker Typ. Was willst Du? Warum willst Du dass wir gehen? Du wolltest uns doch hier haben. So langsam kommen Zweifel auf, ob die Fußspuren wirklich von Stuart stammen. Wir brauchen Gewissheit. Sofort. Bill begleitet mich und wir fahren mitten in der Nacht zu Stuart. Der Jeep schafft den Weg problemlos und Stuart öffnet nach wenigen Sekunden verschlafen die Tür. Bill stößt die Tür auf. Stuart ist überrumpelt und fällt nach hinten. Bill, der riesige Kerl, setzt sich rittlings auf ihn. „Wo warst du heute Nacht? Warum tust du den Kindern sowas an?", schreie ich schrill. Bill sagt mir ich soll alle Schuhe von Stuart ranholen und fühlen ob sein Bett wirklich warm ist, oder er nur so verschlafen getan hat. Stuarts Bett ist warm. Die 2 Paar Stiefel und 3 Paar anderen

Schuhe sind schnell gefunden und zu Bill gebracht. Kein Schuh passt zu dem Profil der Fußabdrücke. Keine geriffelte Sohle. Jetzt wird Bill wütend. „Mach es nicht noch schlimmer, Stuart, wo sind die Stiefel, die Du vorhin anhattest?", brüllt er. Jetzt kommt Stuart zu Wort. „Ich habe keine anderen Schuhe. Ich habe geschlafen. Ich war nirgendwo. Frag David, mit ihm war ich heute Abend noch im westlichen Teilstück, da sind Wilderer unterwegs. Anschließend habe ich dann bis 23 Uhr eine Pizza mit ihm gegessen. Kennst ja meine Kochkünste, Fiona! Was ist hier eigentlich los?" „Wo warst Du gestern Morgen?", fragt der erboste Bill weiter. „Ich war die Nacht in Whitecourt. Hatte einen Banktermin und habe die Nacht im Hotel verbracht. Ruft doch im Hotel an. Gegen 9 Uhr früh habe ich ausgecheckt. Bin dann heimgefahren und habe mich mit David getroffen. Was zur Hölle geht hier ab?"

Ich rufe mit meinem Handy sofort die Auskunft an und lasse mich mit dem Mountain View Hotel in Whitecourt verbinden. Zum Glück haben sie eine 24 Stunden Rezeption und die junge Dame am Telefon scheint über nächtliche Anrufe nicht sonderlich überrascht. Ich reiche Stuart das Telefon um die Dame vorzubereiten und als ich dann mit der Dame spreche, bestätigt sie mir, dass Stuart tatsächlich dort war und tatsächlich erst morgens nach seinem Frühstück das Hotel verlassen hat.

Stuart ist unschuldig.

Mir ist schwindelig. Anscheinend ist da die ganze Zeit ein fremder Mann, der mich beobachtet, mir eine Wildkatze ins Bett legt, Drohungen ausspricht und jetzt sogar vor Kindern nicht zurückschreckt.

Wie naiv von mir.

Es läuft mir eiskalt den Rücken runter.

Ich verlange von Stuart eine Erklärung, wie er mich in dem Glauben lassen konnte, dass er derjenige war, der den Puma abgeschlachtet hat. Ich glaube, wir haben viel zu reden.

Isabell

Es könnte alles so schön sein. Afrika ist ein tolles Land. Beeindruckende Natur, freundliche Menschen, jede Menge exotischer Tiere, warm. Aber es gibt keine kleinen blonden Jungen. In dem Krankenhaus in dem ich arbeite gehen zwar kleine Jungen täglich aus und ein, aber sie sind dunkelhäutig. Nicht das ich etwas gegen dunkle Menschen habe. Nein. Die Haut ist phantastisch. Wunderschön, aber sie weckt nicht die Gefühle in mir, die ein blasser, blonder Junge in mir weckt. Meine Hände werden vor Erregung schweißnass, wenn ich an Jonah denke. Diese unschuldigen Augen. Angstvoll aufgerissen, der kleine Körper vor mir angebunden. Hilflos. Ich habe Zeit mit ihm zu spielen. Eine herrliche Vorstellung.

Und jetzt bin ich hier in Afrika. Seit fast 6 Monaten. Ich habe nette Arbeitskollegen, bekomme viel Anerkennung für meine Dienste als aufopferungsvolle Ärztin und wohne in einem traumhaft schönen Haus aus geflochtenen Ästen mit einer kleinen Veranda. Wegen der krassen Regenzeiten auf Pfählen gebaut, in ungefähr 2km Entfernung zum nächsten Nachbarn und Krankenhaus. Perfekt. Ich habe meine Ruhe und könnte spielen ohne Ende. Hier in Afrika passieren so viele schreckliche Dinge, dass ein Kind mehr oder weniger nicht auffällt. Nie würde jemand die Weißen beschuldigen. Vor zwei Monaten habe ich mir einen Jungen mit nach Hause genommen und mit ihm gespielt. Es war wundervoll das helle Blut fließen zu sehen, aber seine Augen waren zu anders, zu groß und zu dunkel. Immer wieder fiel er ohnmächtig in sich zusammen. So ein Mist. Leider komme ich hier im Niemandsland nicht an die nötigen Medikamente. Keine Opiate oder anregende und bewusstseinslähmende Stoffe. Keine Betäubungsmittel und vor allem: Kein blonder Junge.

Jede Nacht liege ich in meinem Bett und träume von meinem Bruder oder von Jonah. Oft lassen sie sich gar nicht voneinander unterscheiden. Wie gerne hätte ich eine letzte Chance. Die letzte Chance, die mir dieser alte Sack James geraubt hat mit seinem Sicherheitsfimmel, in seinem Wahn die Familie beschützen zu wollen. Ich musste nach meiner Flucht einige Wochen quer durch die Welt reisen um meine Spuren zu verwischen. Das Krankenhaus in Adembra, Ghana, eine Ansammlung von 3 Krankenschwestern und 2 Ärzten, in dem ich nun arbeite ist ganz in Ordnung, aber es füllt mich nicht aus.

Dann kam der Tag.

Der Tag an dem mein Glück perfekt schien.

Ich bin vor 3 Tagen zum Shoppen nach Accra gefahren und dort auf dem Markt sah ich eine weiße junge Frau mit ihrem Sohn. Blond. Ungefähr 10 Jahre alt. Sofort hängte ich mich an sie dran und sah wo sie wohnten. Eigentlich wollte ich noch am Abend zurück mit dem nächsten Truck nach Adembra fahren, aber ich entschied mich zu bleiben. Buchte mir ein Hotel und lief unentwegt vor dem Wohnhaus des Jünglings auf und ab. Ich war so aufgeregt. Endlich wurden meine Gebete erhört. Einen eigenen Jeep hatte ich angemietet und ein bisschen Chloroform, sowie ein paar Stricke konnte ich auch besorgen. Alles lag gut versteckt unter ein paar alten Decken.

Ich saß im Jeep und beobachtete den 2. Tag das Haus. Quasi gestern. Da kam der Junge hinaus. Einen Fußball im Arm ging er Richtung Fußballwiese. Mein Herz klopfte wie verrückt. Die letzten 24 Stunden hatte ich mir in allen Einzelheiten ausgemalt wie ich ihn streicheln, liebkosen, seinen warmen, jungen Körper mir zur Willen sein lassen würde, wie ich seine Fingernägel ablösen und ihm selber zu essen geben würde, wie ich die Augenlider entfernen und so den Blick auf seine strahlend blauen Augen freilegen würde. Nassgeschwitzt sah ich meine Chance. Endlich. Der Junge war allein. Weit und breit kein anderes Kind. Ich rückte mein Kleid zurecht und schritt auf den Jungen zu. In meiner Handtasche das Taschentuch mit Chloroform getränkt. Der Junge sah mich, lachte, zeigte seine wundervollen weißen Zähne und wich nicht zurück. Ich liebe ihn.

Als ich ihn auf Englisch nach seinen Freunden ansprach und er antwortete das er sie in ein paar Minuten zu einem Fußballspiel erwartete, wusste ich das ich keine Zeit verlieren durfte. Vielleicht war ich etwas hektisch. Ich bat ihn näher zu kommen, weil ich ihm eine Frage stellen wollte. Der Junge kam näher. Schnell zog ich das Taschentuch heraus und presste es ihm auf Nase und Mund. Es sah alles perfekt aus, doch was tat er? Wie ein Wiesel wich er aus. Kreischte wie am Spieß. Ich lief hinter ihm her, versuchte ihn wieder mit dem Taschentuch zu erwischen, doch er rollte sich auf dem Rasen ab. Da warf ich mich auf ihn, zog mein Messer und rammte es ihm voller Verzweiflung in die Schulter. Er schrie noch lauter um Hilfe, einen kleinen Augenblick war ich zu langsam, da windete er sich unter mir hinweg, stand auf und rannte unter noch mehr Geschrei davon.

Seine Schreie zeigten Wirkung, denn ein Mofafahrer hielt an und auch eine alte Frau rannte zu dem Jungen und ich, ich lief davon. Wieder einmal. Unbefriedigt. Scheiße.

Ich hasse ihn!

Zum Glück stand der Jeep nicht weit entfernt und ich konnte dem Mofafahrer, der versuchte mich einzuholen, entkommen.

Bestimmt hat er die Polizei über mich informiert und nun sind sie mir auf den Fersen. Also fuhr ich stundenlang über Umwege zu mir nach Hause. Packte einen meiner gefälschten Reisepässe und fuhr über weitere Nebenstraßen zum Flughafen nach Kumasi. Der ist zwar viel weiter entfernt als Accra, aber diese Stadt ist für mich nun tabu. Unterwegs färbte ich meine Haare rot. Mist. Dabei liebe ich meine langen Haare, aber die Mary Blonsfield, aus meinem Pass hat leider rote und zu allem Übel auch noch kurze Haare. Deshalb habe ich diese Identität bisher nie angenommen. Egal. Ich ärgere mich über mich selber. Wie konnte ich nur so fahrlässig sein. Einfach ein paar Tage länger warten und alles wäre gut. Mist.

Als ich im Flieger nach Mexico City sitze laufen mir vor lauter Wut die Tränen herunter. Nicht mit mir. Ich bin Isabell. Bisher habe ich noch immer gekriegt was ich wollte.

Ich will Rache!

Rache an dem Wichser James, an Dani und Jonah. Spielen mit Jonah! Oh ja!

Auf nach Helena!

Ian

Früher kannte mich hier jeder! Respekt hatten sie vor mir! Schließlich war ich der verantwortliche Wildhüter im Jasper National Park. Nicht diese dicke Schabracke Fiona oder dieser Depp Stuart. Ich hatte mein Gebiet im Griff. Nebenher machte ich Geld mit dem Verkauf einiger Goldnuggets, die ich hier und da auf meinen Streifzügen gefunden habe und mit ein paar ausgestopften Tieren. Elchköpfe gingen besonders gut. Hübsch so über den Kaminen reicher Amateurjäger. Ich hatte meine Quellen um an Geld zu kommen. Irgendwann aber, als ich gerade herausgefunden hatte, wo die Hauptgoldader her fließt, hat mein Boss mich gefeuert. Mich! Ich war außer mir vor Wut. Dieser Idiot soll mir nicht mein Leben versauen. Das hat er aber. Beziehungsweise ich habe ihm eine Ladung Blei in den Arsch geschossen und dafür dann 15 Jahre in den Bau gemusst. Scheiße. Seit ein paar Monaten bin ich wieder auf freiem Fuß. Ein rehabilitierter Mann älteren Semesters, aber noch voll auf der Höhe und diese Höhe werde ich ausnutzen. Diese Goldader werde ich schöpfen, jede Menge Geld damit machen und mir ein Leben in Saus und Braus mit unzähligen Nutten irgendwo in der Karibik aufbauen. Jedenfalls da, wo es nicht so schweinekalt ist wie hier, und wo ich keine 20 Meilen bis zum nächsten Puff fahren muss.

Allerdings musste ich nach all der Zeit mit Erschrecken feststellen, dass es nicht nur einen neuen Wildhüter, Stuart, gab, sondern auch eine Tierschützerin, Fiona, sich breitgemacht hat. Ihr Haus liegt genau auf der Goldader. Sie führt von ihrem Wohnzimmer über den Hof bis hinunter zum Bach. Dann kamen da zu allem Überfluss auch noch ein Typ mit Frau und zwei Kindern. Denen werde ich schon noch das Fürchten lehren. Stadtmenschen. Das sah ich auf den ersten Blick.

Ach ja, dieser alte Kauz James, der ist ja noch viel älter als ich und hat nicht mal bemerkt das ich es war, der ihm einen Baum auf das Bein fallen ließ. Also musste ich zu härteren Mitteln greifen. Kinder trauen sich schon mal nicht mehr in dieses Gebiet und ich habe schon eine Idee wie ich diese Fiona loswerde. Geht sie, gehen auch die Stadtmenschen. Die werden schon sehen!

Fiona

Stuart und ich haben nach dieser Nacht mit Bill und den Kindern stundenlang geredet. Er hatte anscheinend einen totalen Filmriss und sich selber nicht über den Weg getraut. Er hat mir gestanden das er sich in mich verliebt hat. Sogar sehr und dass es ihm sehr weh getan hat, als ich ihm nach dem Kuss eine solche Szene gemacht habe. Aber er konnte meine Reaktion gut verstehen. Natürlich habe ich ihm nicht gesagt das ich schon seit langer, langer Zeit ebenfalls in ihn verliebt bin. Die letzten Wochen haben meine Gefühle ja auch nicht positiv bestärkt und ich glaube wir brauchen einfach Zeit. Stuart saß vor mir. Traurige Augen, die plötzlich wütend wurden, als er von den Spuren rund um die Farm und den massakrierten Tieren und zerstörten Iglus hörte. Er hat Angst um mich. Angst um uns alle. Was soll ich nur Dani und den Kindern sagen? Sie sollen hier doch in Sicherheit sein. Vielleicht ist es besser, wenn wir hier wegziehen. Das kalte Klima im Winter ist auch viel zu belastend für die Familie, das war mir damals in Helena nicht so bewusst gewesen. Schließlich bin ich hart im Nehmen und habe keine Kinder.

Stuart will häufiger bei uns in der Gegend sein und uns beschützen. Allerdings können wir auch gut selber auf uns aufpassen. James habe ich eingeweiht und wir zwei wechseln uns ab. Zwar will James nie wieder ein Gewehr in die Hand nehmen, aber von meinem großen Messer, dem so genannten Bärentöter, war er sehr angetan.

Dani besteht darauf hier wohnen zu bleiben. Schließlich geht es bei den Vorkommnissen nicht um sie und ihre Familie.

Ich mache mir so meine Gedanken, als ich durch den Wald gehe. Die Luft ist klar. Natürlich ist es kalt, aber wenn man sich schnell bewegt, dann spürt man die Kälte nicht so. Im einen Moment genieße ich die Freiheit und Stille hier draußen und im anderen Moment befinde ich mich in einem Alptraum. Mein Blick bleibt an einem Baum hängen, oder besser gesagt an dessen Ast. Denn von diesem Ast baumelt etwas. Ein Fisch. Frisch, denn er tropft noch trotz der Kälte. Während ich mich noch frage was das soll, sehe ich ein riesiges Wesen, das sich aus dem Büschen erhebt. Ein Grizzly. Wer schon einmal einen echten Grizzly in einem Zoo oder im Fernsehen gesehen hat, der weiß, wie riesig die Biester sind. Jetzt, hier in Lebensgröße, aufgerichtet und mit geifernden Zähnen, von denen der Sabber rinnt und mit aufgerissenen, wütenden Augen, ist er noch mächtiger. Ich habe keine Chance. Langsam gehe ich rückwärts. Normalerweise machen Bären ihren Winterschlaf und ich frage mich, wer oder was dieses Exemplar aus dem Schlaf gerissen hat. Da sehe ich einen zweiten Bären. Viel kleiner, aus dem Gebüsch zu uns rüber sehen. Eine Bärenmutter, die ihr Junges beschützt. Mist. Angelockt von dem Geruch eines frischen Fisches. Schlechter könnte meine Situation nicht sein. Der Bär kommt brüllend und mit den Vorderpfoten um sich schlagend auf mich zu. Eine einzige Kralle würde ausreichen, um meine Kehle aufzuschlitzen. Geschweige denn ein Biss dieses riesigen Mauls.

Der Bär ist schlank. Hat also lange nichts gegessen.

Weiter rückwärtsgehend stolpere ich über eine Wurzel, rolle mich zusammen und schütze mit den Armen meinen Kopf. Dieses Brüllen ist so nah.

Ich weiß: Jeden Moment ist es vorbei mit mir.

Isabell

Mit dem Taxi fahre ich zu meiner alten Anschrift. Das Haus steht leer. Anscheinend. Jedenfalls ist der Garten ungepflegt und es prangt ein Schild `zu verkaufen` davor. Ich bitte den Fahrer mich an der nächsten Straßenecke aussteigen zu lassen und nehme meinen Rucksack an mich. Das einzige Gepäckstück, das mir geblieben ist auf meinem langen und beschwerlichen Weg von Afrika über Portugal, Las Vegas, San Francisco und Seattle nach Helena, Montana.

Ich trage neben den mir noch immer fremden roten Haaren eine Brille, weite Jeans und eine grobe Strickjacke. Niemand würde mich wiedererkennen. Vorsichtig werfe ich zuerst einen Blick auf das Haus des alten Kauzes. Eine Frau mit Baby im Kinderwagen schiebt den Weg rauf und runter. Neue, hellgrüne Gardinen sind an den Fenstern. Gut, der alte Sack ist tot, denke ich und richte den Blick auf die andere Straßenseite. Mist. Auch hier steht ein Verkaufsschild im Vorgarten und das Haus scheint unbewohnt. Wo sind sie hin?

Freundlich winke ich der jungen Frau mit ihrem Baby zu und gehe den Weg entlang. Hoffentlich vertue ich mich nicht und James tritt gleich aus dem Haus. Ein wenig nervös gehe ich hinüber. „Guten Tag! Ich bin Anna und suche meine Jugendfreundin Charlie, Spitzname ist Dani. Ihre Eltern haben mir diese Anschrift hier mitgeteilt", sage ich und zeige auf das Haus gegenüber. „Leider scheint es unbewohnt. Wissen Sie, wo sie hingezogen ist?" Die junge Frau Lächelt mich an und sagt „da kommen sie wohl ein halbes Jahr zu spät. Als wir im Herbst hier einzogen, war sie schon weg, aber ich hörte das sie und ihre zwei Kinder nach Kanada ausgewandert sind. Ans Ende der Welt in den Jasper National Park. Keine Ahnung wo genau, aber sie soll eine ganz zwielichtige Person gewesen sein und mit Mördern Kontakt gehabt haben. Gerüchte gibt es hier viele. Vielleicht ist es gut, dass Sie sie nicht antreffen. Fahren sie lieber wieder heim." Ich bedanke mich freundlich. Am liebsten würde ich ihr eine Ohrfeige geben. Naives Miststück.

Egal. Wenigstens konnte sie mir weiterhelfen.

Also auf nach Kanada!

Stuart

Tausend Gedanken schwirren in meinem Kopf umher, seit mir Fiona von den Geschehnissen um sie herum berichtet hat. Mir ist klar das Fiona in Gefahr ist. Nicht nur sie, nein alle!

Wenn ich schon bisher nichts tun konnte, dann muss ich jetzt tätig werden. Ich habe Wildkameras aufgestellt. Zehn Stück im Umkreis um die Farm. Außerdem verfolge ich nun jede neue Fußspur, die mir im Wald begegnet und am meisten verfolge ich Fiona. Sie ist so mutig und stellt sich allen Gefahren, aber ich habe Angst das ihr Gegner stärker oder gerissener sein könnte.

Als ich ihr heute folgte, sollte ich Recht behalten. Ihr Gegner war stärker. Allerdings anders, als ich gedacht hatte. Ich folgte Fionas Spuren. Sie zog immer weiter werdende Kreise auf der Suche nach Hinweisen. Ein paar Meilen von der Farm entfernt waren wir, als ich einen Bären brüllen hörte und als ich auf die Lichtung kam, sah ich Fiona am Boden, einen riesigen Grizzly im Angriff direkt vor ihr. Ich hob mein Gewehr und schoss dem Grizzlybären in die Brust. Er sackte zusammen. Dann richtete er sich erneut auf. Wütender als zuvor. Ich lud mein Gewehr, zielte und schoss noch einmal. Wieder traf ich. Allerdings nur in die Schulter. Der Bär brüllte, starrte mich an und lief davon. Ich war verwirrt. Eigentlich geben Bären nicht auf. Dieses Exemplar schien davon noch nichts gehört zu haben. Sofort rannte ich zu Fiona. Sie war unverletzt. Noch nie habe ich sie so dermaßen hilflos gesehen. Fiona weinte und war unfähig aufzustehen. Also nahm ich sie auf den Arm und ging mit ihr los. Plötzlich ein Rascheln hinter uns. Ich setzte Fiona auf dem Boden ab und rechnete mit der zurückgekehrten Bärin. Das Gewehr im Anschlag wartete ich ab. Es raschelte wieder und durch den Busch trat ein Bärenjunges. Da war Fiona wiedererwacht. Sie sprang auf, nahm ein Seil aus ihrem Rucksack, wie der Wind hechtete sie vorwärts, band es dem Bärenkind um den Hals und konnte es sogar, wenn auch etwas störrisch hinter sich herziehen. Ich war baff. Sie ist schon eine tolle Frau, diese Fiona. Die Bärenmutter würde bestimmt nicht mehr zurückkommen. Wahrscheinlich stirbt sie an ihren Verletzungen. Fiona würde sich nun um das Bärenkind kümmern und in ein oder zwei Jahren dann auswildern. Ich glaube, einen Grizzlybären habe ich noch nie aufgezogen. Fiona sah mich erleichtert an. Ich nahm ihre Hand und mit der anderen den Strick und gemeinsam gingen wir zur Farm.

Schmunzelnd liege ich hier. Wo ich liege? Neben Fiona. Kaum zu glauben. Wir sind nackt. Aber von vorne. Als wir den Bären versorgt hatten, genehmigten wir uns ein Bier. Wir teilten, denn nach meinen unschönen Erfahrungen trinke ich so gut wie keinen Alkohol mehr, aber ein halbes Bier ist okay. Während wir abwechselnd aus der Flasche tranken, sahen wir uns in die Augen. Fiona dankte mir dafür, dass ich ihr Leben gerettet habe und dass es ihr Leid tut, dass sie mich beschuldigt hatte all diese schlimmen Dinge getan zu haben.

Mein Vorschlag war es mit einem Kuss alles aus der Welt zu räumen und ich war selber überrascht, aber sie gab mir freiwillig einen Kuss. Ich hielt ihr die Wange hin, aber sie wollte meinen Mund. Erst traute ich mich nicht etwas zu erwidern, aber als sich ihre weiche Zunge vorsichtig in meinen Mund schob, mein Magen zu kribbeln begann und ich ihren süßlichen Geschmack in mir fühlte, entwickelte sich der Kuss zu einem leidenschaftlichen nicht enden wollenden Anfang.

Der Anfang einer wundervollen Nacht. Ich liebte sie auf meine Art. Stark, aber einfühlsam und zärtlich. Fiona ist da nicht so zimperlich. Sie ritt mich, bis ich fast den Verstand verlor.

Keine Ahnung woher ich die Kraft holte, aber wir hatten vier Mal Sex und jedes Mal war es intensiver als zuvor. Zwischendurch hielten wir beide inne, wie um uns gegenseitig zu kneifen um sicherzugehen, dass wir nicht träumen. Nackt sieht Fiona noch besser aus als in ihrem hellblauen Kleid. Sie hat ihrem Schambereich komplett abrasiert. Das habe ich noch nie gesehen, geschweige denn geküsst, geschmeckt oder genossen.

Ihre Brüste sind groß und schwer. Wunderschön und ihre Brustwarzen hellbraun mit kleinen Flecken. Am Bauchnabel hat sie ein paar kleine Muttermale die mich fast verrückt machen. Es sieht aus wie ein Pfotenabdruck. Und sie riecht so gut. Wie schaffen es Frauen nach einem ganzen Tag im Wald und diesem Stress mit dem Grizzlybären noch immer verführerisch zu riechen. Einfach phantastisch.

Jetzt liegt sie neben mir. Sanft decke ich sie richtig zu. Ihr Atem geht regelmäßig. Ich gebe ihr einen Kuss. Sie verzieht den Mund zu einem Grinsen, schmatzt leise und schläft weiter.

Das muss Liebe sein!

Ian

Schweißgebadet setze ich mich auf. Es muss einfach aufhören. Diese Alpträume machen mich fertig. Ich sehe zum Fenster und spüre den kalten Nordwind über meine Nase streichen. Mein Haus hat schon bessere Zeiten erlebt. Im spartanischen Bad wimmelt es vor Schimmel, Marder haben es sich im Gebälk gemütlich gemacht und huschen nachts unaufhörlich hin und her. An jeder Ecke zieht es und der gusseiserne Ofen, den ich zum Heizen und kochen benutze, hört in den frühen Morgenstunden auf seine wohlige Wärme zu ergießen und dann wird es schnell kalt.

Jetzt im Winter sogar eisig kalt.

Ich richte mich auf, angele mit den Füßen nach meinen Stiefeln und schlüpfe hinein. Ich ziehe die Bettdecke um meine Schultern und schlurfe zum Ofen, um das Feuer neu zu entfachen. Es ist nicht weit. Mein Haus hat nur einen zentralen Raum. Normalerweise reicht es mir. Luxus kannte ich noch nie und nur wegen dieser blöden Träume, stelle ich mir gerade vor wie es wäre in einem wohltemperierten Wasserbett zu liegen, in einem sauberen Haus mit Gardinen vor den Fenstern und kuscheligen Teppichböden, vielleicht sogar neben einer geilen, natürlich nackten Frau aufzuwachen. Aber ich alter Trottel höre nur meine Knochen knacken, während ich einen Holzscheit nach dem Nächsten in den Brennraum stopfe. Wieso bin ich nur so emotional im Moment. Ohne Frau, so ganz alleine über mein Leben bestimmen zu können, ist doch phantastisch. Solange meine Hand noch intakt ist und zur Selbstbefriedigung reicht und ich hin und wieder in den Puff komme, kann ich mich doch nicht beschweren. Oder doch? Ich sehe mich um. Überall liegen Sachen herum. Kartons vollgestopft mit unnötigem Krempel sind bis an die Zimmerdecke gestapelt. Irrsinn!

Gerade im Traum war ich Jemand. Nicht so ein Niemand mit einem baufälligen Dach über dem Kopf, sondern ich war reich. In feinster Gesellschaft, in feinsten Zwirn gekleidet und hatte an jeder Hand zehn junge Dinger, die mir jeden Wunsch von den Lippen ablesen. Aber immer dann, wenn der Traum am schönsten wird, nimmt er eine höchst dramatische Wendung:

Entweder sehe ich mich umringt von anderen reichen Menschen, die mich plötzlich auslachen, wegen der uralten, ranzigen Klamotten, die ich urplötzlich trage, das Gelächter steigert sich und wird zu höhnischem Kreischen. Blicke, Finger die auf mich zeigen, mich niedermachen. Dann plötzlich ein schwarzes Loch das mich verschlingt und dann wache ich hier auf. Im Nichts. Als Niemand.

Oder ich tanze gerade mit einer Schönheit aus 1001 Nacht, die Band spielt nur für uns ein traumhaftes Lied. Trommeln lassen den Raum erbeben während ich die Dame herumwirbele, dann erscheint meine Mutter. Sie sieht mich traurig an, während sie urplötzlich verfault. Ich sehe genau wie ihre Augen verwässern, sich schließlich ganz auflösen, ihr dünner Körper zusammenbricht und Maden aus ihrem weit aufgerissenen Mund quellen. Abartig zeigt ihr Arm auf mich. Anklagend.

Jede Nacht ist es derselbe Traum. Schrecklich.

Ein Zeichen das ich nicht dazugehören sollte. Aber warum? Habe ich nicht auch das Recht auf ein besseres Leben? Auf ein bisschen Glück, Sex und vielleicht sogar Liebe?

51 Jahre in Armut mit Eltern, denen ich nur zur Last fiel, weil ich nicht so klug, hübsch und wohlgeraten war, wie die Kinder anderer Eltern. Den Job verloren aus fadenscheinigen Gründen. Dann der Knast. Der verändert einen.

Ich starre auf die Flasche Schnaps in meinen Händen. Langsam gehe ich zu meinem Bett. Rolle mich in der restlichen Bettwärme ein und gönne mir ein paar Schlucke. Erst kommt die Wärme im Bauch, dann langsam fängt der Ofen an seine Wirkung bis zu mir auszubreiten.

Nie wieder lasse ich mich verarschen.

Nie wieder nimmt mir jemand meinen Job weg oder meine Frau.

Nie wieder!

Immer klarer wird ein Gedanke: Ich muss etwas ändern. Ich will dazugehören. Scheiß auf all die Leute, die mir mein Glück nicht gönnen würden. Scheiß auf meine Mutter, die mich jahrelang traurig gemacht hat. Ich werde das Gold finden und es zu Tage fördern. Ich werde reich werden.

Um jeden Preis!

James

Seit mehreren Tagen gehe ich schon zum Bach und suche nach Gold. Nix. Einfach nix zu finden. Schade. Vielleicht muss ich weiter bachaufwärts gehen. Das Wetter ist milder geworden. Immer wieder entdecke ich Stellen am Bach, an denen das Eis aufgebrochen ist. Tiere? Unser Beobachter, der uns vertreiben will? Heute bin ich weit gelaufen. Mein Knie schmerzt. Kurz setze ich mich auf einen Baumstamm um mich auszuruhen.

Da entdecke ich an einem kleinen Berghang eine Art Höhle. Nein, es ist ein Stollen. Ein alter Stollen mit morschen Schienen auf dem Boden. Aufgeregt stehe ich auf um ihn näher zu betrachten. Das Goldfieber hat mich gepackt. Dass es hier Gold gibt ist bewiesen. Dass es hier früher Stollen und Goldgräber gab auch. Vielleicht kann ich noch mehr finden. Mein Herz schlägt schneller. Ich freue mich auf das, was ich finden werde. Gut, dass ich immer eine kleine Taschenlampe bei mir habe. Zu schnell wird es hier in den Bergen dunkel und die Lampe gehört zu Fionas Sicherheitsausstattung für uns nebst Handy und Taschenmesser. Der Eingang ist recht groß, wenn man die alten Brombeersträucher zur Seite schiebt. Ich bin aufgeregt. Ein Abenteurer. Die Vernunft zur Seite geschoben denke ich nur an eins: Gold!

Fiona

Es ist schon heller Tag als ich aufwache. Mist. Ich habe heute Nacht meine Wache verschlafen. Aufgelöst springe ich aus dem Bett und in meine Hose. Da rekelt sich jemand in meinem Bett. Stuart. Ich grinse und ziehe mir leise meinen Pulli über. Ich muss nur kurz gucken, ob alles in Ordnung ist. Mit klopfendem Herzen gehe ich hinaus. Irgendwie habe ich ein schlechtes Gefühl.

Es ist schon Mittag, als ich wieder ins Haus komme. Obwohl keinerlei Fußabdrücke zu sehen sind und mir Dani fröhlich durch das Fenster zugewunken hat, bleibt dieses seltsame Gefühl in der Magengegend. Bereue ich die Nacht mit Stuart? Nein! Ich bin glücklich. Das ist es nicht. Aber was ist es dann? Für Grübeleien habe ich keine Zeit, ich muss die Tiere versorgen. Obwohl eine schnelle Nummer so zum richtig wachwerden ist bestimmt drin. Schnell ziehe ich mich aus, nehme vorsichtig die Decke vom Bett und bin sehr erfreut, dass Stuart eine Morgenlatte hat, die sich mir erwartungsvoll entgegenstreckt. Als ich mich auf ihn herablasse, ist er blitzschnell wach und sein Anblick gefällt mir dermaßen, dass ich so schnell wie nie zuvor zum Höhepunkt komme. Als ich mich erschöpft auf ihn sinken lasse und er noch die letzten Züge seines eigenen Orgasmus genießt, umarmen wir uns so fest wie möglich.

Wir gehören zusammen.

Stuart

Herrlich klare Luft heute. Allerdings ist es mit minus 10 Grad auch entsprechend kalt. Mein Rundgang dauert schon ein paar Stunden. Ich bin jetzt seit ungefähr 11 Jahren Wildhüter und habe in diesen 11 Jahren jeden Quadratmeter dieses wirklich großen Gebietes durchforstet.

Mehrfach.

Ich war total in Gedanken versunken. Glücklich in mich hineingrinsend. Fiona und Stuart sind ein Paar. Ich bin verliebt. Wahnsinn. Es fühlt sich verdammt gut an. Jetzt stutze ich. Bisher dachte ich immer, mir würde hier nichts entgehen, aber jetzt stehe ich hier vor einer alten Schutzhütte, die ich noch nie in meinem Leben gesehen habe. Sie scheint bewohnt zu sein. Ein paar Lebensmittel liegen auf dem Tisch und das neben dem Kaminofen gestapelte Holz ist frisch.

Die Fußabdrücke, die hier rundherum zu sehen sind, sind die unseres Verdächtigen. Geriffelte Sohlen. Ich bin mir zu einhundert Prozent sicher. Ich durchsuche die Hütte nach Hinweisen, aber finde nur banales Zeug. Mist.

Manchmal kommt es vor, dass sie abenteuerlustige Teenager in die Wildnis verirren, wahllos Tiere jagen und sich fühlen wie die Könige der Welt, aber dies hier deutet auf eine einzelne Person hin. Auf eine Person, die darauf achtet schnell fliehen zu können.

Ich weiß nicht was ich tun soll. Hier warten und dem Kerl auflauern, oder Hilfe rufen. Mein Handy hat natürlich mal wieder keinen Empfang. Das wäre ja auch zu leicht gewesen. Also laufe ich lieber zurück und komme morgen mit Verstärkung wieder. James hilft mir bestimmt.

Seltsam. James ist nicht Zuhause. Der Kamin ist kalt. Dabei ist es schon später Abend.

Wo bist Du nur, Du alter Abenteurer?

Dani

Max hat mir gestern alles erzählt. Ich sah ihm an, dass etwas war und irgendwann platzte es aus ihm heraus. Die Sache mit den toten Tieren beim Überlebenstraining finde ich natürlich beunruhigend, aber es wurde niemand verletzt und bisher wurde ja nur gedroht. Irgendwie bin ich mittlerweile abgebrüht. Solange meinen Kindern nichts geschieht ist alles in Ordnung. Natürlich schließe ich die Haustür nachts ab und wir haben auch ein Gewehr an der Wand im Wohnzimmer stehen. Nur für den Fall. Alleine in den Wald gehen die Kinder sowieso nicht. Aber momentan mache ich mir um uns weniger Sorgen, ich glaube nicht, dass jemand es auf uns abgesehen hat. Schlimmer ist, dass seit gestern James verschwunden ist. Stuart war gestern Abend bei ihm, aber er war nicht Zuhause. Heute früh war er auch nicht da. Also sind wir vorhin allesamt losgezogen. Jonah mit mir, Sofia mit Max, Fiona mit Stuart. Auf der Suche nach James. Wir fanden auch seine Fußspuren, aber er hat anscheinend irgendwann den Bach überquert und seitdem gab es keine Spur von ihm. Mist. Sein Handy Akku scheint leer zu sein, denn wir bekommen kein Signal.

Hoffentlich geht es ihm gut.

Isabell

Schon am ersten Tag meines Aufenthaltes im wunderschönen Jasper Nationalpark kann ich einen Erfolg verbuchen. Die leeren toten Augen von James glotzen mich an und ich klatsche innerlich seit über einer Stunde Applaus für mich. Irgendwie kennt jeder hier im Umkreis von 50 Meilen Max, Dani und die Kinder und James, den alten Kauz. Ich kichere. Sie kannten James. Es war zu einfach. Ich stapfte der Anleitung einer älteren Dame folgend meinem Kompass hinterher, als ich James durch den Wald humpeln sah. Er sah müde aus, als er in einen alten Stollen ging. Es ging alles so schnell. Fast zu schnell. Genießen kann ich meinen Triumph erst jetzt, wo er tot ist. Ich bin ihm hinterher, einen großen Stein in der Hand, er hört mich, dreht sich um, ich donnere ihm den Brocken auf den Schädel, es knackt, er sackt zusammen und fertig. Die Leiche muss ich noch nicht einmal beseitigen. Es scheint nicht so, als wäre hier in dem Stollen in den letzten 20 Jahren jemand gewesen. Praktisch.

James – check!

Ian

Also wirklich. Dieser alte Kerl James war mir ja schon länger ein Dorn im Auge. Schnüffelte überall herum. Ich befürchte er ist auch dem Goldrausch verfallen, aber da hat er die Rechnung ohne mich gemacht. Als ich ihm heute auf seiner Suche nach Gold gefolgt bin, sah ich, dass er in einen Stollen ging. Okay, dachte ich. Warte mal ein wenig ab. Vielleicht bricht der Stollen ein und die Sache erledigt sich von selber und ich brauche mir nicht die Hände schmutzig machen.

Brauchte ich auch nicht, aber anders als erwartet, denn überraschenderweise kam dann eine hübsche, rothaarige Frau mit Kompass in der Hand – Stadtmensch – und folgte ihm in den Stollen. Ich wartete ab. Was hatte diese Tussi nur vor? Irgendwann kam die Frau dann wieder heraus, klopfte sich den Dreck aus den Klamotten, klappte wieder ihren Kompass auf und ging nur wenige Meter an mir vorbei in Richtung Farm. Leise schlich ich in den Stollen, neugierig, was dort zu finden wäre und ich fand nach wenigen Metern die Leiche von James. Erschlagen. Krass.

Ich glaube, ich muss meinen Plan schleunigst in die Tat umsetzen, bevor die seltsame Frau ihn mir vereitelt.

Fiona

Mittlerweile weiß ich auch nicht mehr, wo wir noch suchen sollten und meine Hoffnung James lebendig wiederzusehen schwindet mit jeder verstreichenden Stunde.

Mist. Sein Handy kann nicht geortet werden und ich befürchte es ist etwas Schlimmes mit ihm passiert. Armer James.

Hoffentlich war es ein Hirnschlag oder Herzinfarkt, denn ich glaube das wäre der Tod, den er sich immer gewünscht hätte. Ohne Leid und Schmerzen, plötzlich auf einem Abenteuertrip sterben.

Meiner Meinung nach wäre es allerdings einige Jahre zu früh. Ich mache mir große Sorgen. Jonah und Sofia suchen eifrig mit nach James und sie malen sich schon in den buntesten Farben aus, was alles passiert sein könnte. Vom Bären gefressen, abgestürzt, vom Wildschwein überrannt.

All diese Gründe machen sie traurig, aber sie sind seltsam abgeklärt. Ich glaube, so lange kein Verdacht besteht, dass jemand anderes mit seinem Verschwinden zu tun hat, können sie damit umgehen. Schließlich trichtert man Kindern ein, dass alte Menschen irgendwann sterben.

Und James ist alt. Oder war alt? Auch Dani und Max sehen die Chancen auf ein glückliches Wiedersehen sinken. Vielleicht möchte James auch nicht gefunden werden. Wusste er vielleicht Dinge die wir nicht wussten? War er krank? Wollte er unbedingt alleine Sterben? Quatsch, Fiona. Noch ist er nicht tot und wir suchen weiter, bis wir ihn gefunden haben. Wir müssen positiv denken!

Jedoch bricht heute der 2. Tag nach seinem Verschwinden an und die Wildnis ist hart. Letzte Nacht hat es fast einen Meter Neuschnee gegeben. Im Schnee kann man gut neue Spuren sehen, aber jegliche alten Spuren sind nun verschwunden. Echt verflixt.

Wir haben gestern die Polizei informiert und sie haben versprochen mit einem Helikopter und Wärmekamera das Gebiet zu überfliegen, aber heute Nacht bei dem Unwetter war es hoffnungslos und der Hubschrauber konnte nicht starten.

Jetzt gerade höre ich die Rotorblätter am Himmel dröhnen. Es sind einige Suchmannschaften losgezogen. Hoffentlich haben wir Erfolg! Ich drücke ganz fest die Daumen das James gefunden wird. Lebendig. Er ist mir sehr ans Herz gewachsen.

Eine Sache muss ich noch erzählen.

Und zwar haben wir gestern bei unserer Suche nach James einen Baum gefunden in den F + S = LOVE eingeritzt wurde.

Stuarts Gesicht wurde leuchtendrot und nun wissen wir auch wieso sein Jagdmesser so schmutzig war in jener Nacht nach der Hochzeit, oder besser gesagt der Pumanacht. Er muss wirklich tierisch betrunken gewesen sein, dass er sich daran absolut nicht mehr erinnern kann. Verrückt.

Ich habe ihm in den süßen Po gekniffen, gelacht und wir haben uns weiter auf die Suche nach James gemacht.

Max

Auch im mache mir Sorgen um James, aber ich mache mir auch Sorgen um den Kerl, der hier herumstromert.

Bilden wir uns das vielleicht nur ein? Sind es meine Nerven die durchdrehen? Nein. Ich werde kein 2. Mal arglos miterleben wie meine Liebsten so ein Leid erfahren wie in Helena. Lieber sehe ich Geister und stecke viel Kraft in die Suche nach einem Gespenst, als das ich blauäugig die Gefahr weg rede. Heute früh war ich an der alten Schutzhütte. Stuart hatte mir genau den Weg beschrieben. Sie war leer. Kalt. Unbewohnt. Seltsam. Staub lag überall herum. Müssten nicht irgendwelche Spuren zu sehen sein? Stuart könnte schwören, dass sie vor 2 Tagen bewohnt war und dass die Fußabdrücke zu denen passten, die wir an den Iglus und an der Farm gefunden hatten. Vielleicht wurde Stuart aber auch an der Schutzhütte beobachtet und der Unbekannte hat sich einen anderen Ort ausgesucht um zu übernachten. Oder aber er hat die Nase voll vom kalten Winter und dem ganzen Schnee und hat sich komplett verzogen.

Wie lange kann jemand hier draußen in der Wildnis überleben. Okay mit entsprechender Ausbildung wahrscheinlich lange, aber jemand aus der Stadt hätte keine Chance auch nur 2 Tage zu überleben. Schließlich ist Winter.

Hoch über mir fliegt ein Hubschrauber. Ich winke und rufe mit meinem Mobiltelefon den Sherriff an, dass ich es nur bin, der hier unten winkt. Nicht das sie mich noch fälschlicher Weise für James halten. Armer James, was ist Dir zugestoßen?

Ich versuche noch weiterhin nach Spuren zu suchen. Hoffentlich habe ich Erfolg. So oder so. Wir brauchen Gewissheit! Die Zeit läuft...

Isabell

Die Farm. Da ist sie ja. Aha, das Haupthaus, die Stallungen, ein kleineres Haus und etwas weiter abseits ein kleines, noch recht neues, Holzhaus. Sofort sehe ich wessen Handschrift das Haus trägt. James. Es muss einfach sein Haus sein. Eine Frau würde ganz anders dekorieren. Schnell kann ich die Haustür öffnen und trete ein. Hier wohnt eindeutig ein alter Mann. Es riecht irgendwie alt, obwohl alles so neu scheint und auf dem Kaminsims steht ein Foto von James und seiner Frau Rosie in jüngeren Jahren. Das Wetter letzte Nacht war scheußlich. Ich glaube mir sind 2 Zehen abgefroren. Jedenfalls kann ich sie nicht mehr spüren. Ich wäge das Risiko ab und entscheide mich für eine warme Dusche. Danach würde ich weitersehen. Die ganze Bande ist eh im Wald unterwegs und sucht James, da kann ich auch die momentane Ruhe ausnutzen und etwas zu Kräften kommen. Heute Nacht schlage ich zu. Leiden sollen sie. Wie auch ich heute Nacht gelitten habe und auch die Wochen und Monate zuvor. Immer in der Angst erwischt zu werden. Und warum? Nur weil diese Familie so unheimlich neugierig und redebegierig ist. Scheiße! Ich bezweifele ein wenig, ob ich dazu kommen kann mit Jonah zu spielen. Er sah vorhin so niedlich aus mit seiner roten Bommelmütze und den dicken Winterboots, die ihm bis zum Knie reichten. Ich stelle mir vor, wie ich ihm die Mütze vom Kopf ziehe, die Stiefel langsam von den Füßen ziehe, Stück für Stück seine Haut freilege. Isabell konzentriere Dich, sonst wird es gar nix mit der Dusche und der Racheaktion. Erstmal muss ich es schaffen die Idioten dingfest zu machen. Lachend lege ich meinen geladenen Revolver auf das Waschbecken und ziehe mich weiter aus. Meine Zehen sehen wirklich nicht gut aus. Die brauchen gleich ein bisschen Zuwendung.

Während ich unter der warmen Dusche stehe, überlege ich mir den weiteren Plan. Als erstes nehme ich mir heute Abend Fiona vor. Diese kleine Person wird leicht zu überwältigen sein.

Ich zucke leicht zusammen, als das warme Wasser auf meine eiskalten Füße trifft, aber mehr und mehr kommt das Leben in mich zurück. Meine Phantasie schlägt Purzelbäume und ich freue mich schon sehr auf die nächsten Stunden und die große Überraschung.

Schließlich bin ich eine Göttin in meinem Handwerk.

Ian

Ich habe die rote Frau verfolgt. Gar nicht so ungeschickt, wie sie sich eine Schneehöhle gegraben hat um dort die Nacht zu verbringen. Doof ist die schonmal nicht. Ich habe es ihr gleichgetan, aber ich bin ja auch geschickt in sowas, schließlich lebe ich den Großteil meines Lebens draußen in der Natur und so schnell kriegt mich nichts klein. Allerdings hatte ich es manchmal schwer hinter der roten Frau her zu kommen, denn so clever ihre Spuren in dem tiefen Schnee zu verwischen, war sie nicht. Also musste ich ihren Job erledigen und Schneelöcher zuschütten, wenn sie zu tief eingesunken war, Spuren im Schnee verwischen, Tierspuren nachmachen. Nicht auszudenken, was passieren würde, wenn unsere Spuren zurückverfolgt werden würden. Darüber hat sie sich wohl keine Gedanken gemacht. Tja, Stadtmenschen eben...

Jetzt komme ich in Richtung Farm. Na wenigstens am Haus von James war sie vorsichtig und hat die Spuren verwischt. Das war aber auch nicht sehr schwer, denn durch die freie Lage des kleinen Hauses und den ziemlich starken Wind, war der Bereich vorm Haus schneefrei. An der windstillen Seite war die Hütte aber bis zum Dach eingeschneit. Da das Fenster vom Badezimmer soeben beschlägt, gehe ich davon aus, dass sich Madam eine heiße Dusche gönne. Während es hell ist wird hier wohl nichts mehr geschehen. Ich entschied mich dazu alles ranzuschaffen was ich für meinen Plan brauche und fuhr mit den Skiern den Hang hinunter Richtung Stadt, wo ich mein zweites Geheimversteck habe. Dort kann ich mich aufwärmen und eine Kleinigkeit essen, bevor ich hierher zurückkomme.

Die Farm muss weg. Schnell! Die Leute müssen vertrieben werden. So oder so. Ich will die Goldader freilegen. Laut meinen Berechnungen verläuft sie nur wenige Meter tief unter der Farm und im Grunde brauche ich nur ein paar ungestörte Tage um ein reicher Mann zu werden. Auf die Ski und los!

Jonah

„Ich bin so froh, dass es Dich gibt, Brauner.", flüstere ich dem Grizzlykind ins Ohr. Seit Fiona und Stuart ihn aus dem Wald mitgebracht haben, bin ich ganz alleine dafür zuständig, dass es ihm gut geht. Er ist so lieb. Total verschmust und könnte den ganzen Tag fressen. Ich gebe ihm Hundefutter und ab und an einen frischen Fisch. Mami sieht es nicht so gerne, dass ich alleine im Käfig bei Brauner bin, aber er ist doch noch ein Baby und braucht mich. Ich darf sogar mit ihm spazieren gehen. Natürlich nur hier ums Haus herum, aber das macht voll viel Spaß. Brauner trottet dann hinter mir her und gibt Geräusche von sich, die sich anhören, als würde er mit mir sprechen. Manchmal beißt er mich aus Versehen mit seinen spitzen Zähnen, aber nur im Spaß und weil ich mit ihm herumbalge. Sofia ist stinkig, weil sie kein Tier versorgen darf, aber sie ist schließlich noch klein.

Es tut gut mit Brauner über alles zu reden, seit mein kleiner Elchfreund wieder ausgewildert wurde. Manchmal höre ich den Elch noch rufen und dann bin ich traurig, weil ich ihn vermisse, aber er gehört in die Wildnis und er ist jetzt schon ein großer Elchjunge, der zu anderen Elchen gehört. Ich hoffe, er findet eine nette Elchfrau.

Opa James ist weg. Die Erwachsenen tun immer ganz geheimnisvoll. Sie denken ich weiß nicht, dass James wohl nie mehr zurückkommen wird, aber ich habe das Gefühl das es James gut geht. Vor ein paar Wochen hat er mir gesagt, dass er alles im Leben erreicht hat was er wollte und dass er sehr glücklich ist. Sein größtes Abenteuer war der Umzug nach Kanada und er möchte hier als alter Mann sterben. Er ist ein alter Mann. Also mache ich mir nicht so große Sorgen. James sitzt jetzt bestimmt beim lieben Gott auf einer Wolke und beobachtet uns. Vielleicht trifft er auch meine Großeltern und meinen Papa Tim im Himmel. Sie würden sich bestimmt gut verstehen.

So Brauner, jetzt muss ich aber wieder ins Haus. Es wird schon langsam dunkel und Max wird sauer, wenn ich die Hausaufgaben morgen nicht fertig habe. Geometrie. Würg!

Isabell

Mir ist vor Angst fast das Herz bis tief in die nicht vorhandene Hose gerutscht, als ich aus der Dusche kam und vor dem Haus Stimmen hörte. Die Scheiben im Badezimmer waren beschlagen und hätte der Schnee keine riesigen Schneeberge vor dem Fenster gebildet, dann hätte selbst ein Blinder gesehen, dass jemand hier im Haus ist. Ich bin also schnell in die Klamotten gefahren und habe nervös oben im Schlafzimmer abgewartet.

Was für ein Schreck, aber niemand kam.

Jetzt bin ich bereit. Es war ein Klacks in Fionas Haus einzubrechen. Schließlich war es nicht abgeschlossen. Die Pistole, schwer und beruhigend in der Hand, schleiche ich umher. Ordnung kennt diese Person wohl überhaupt nicht. Überall Wäsche und dreckige Schuhe. Chipstüten liegen herum. Kein Wunder, dass diese dicke Kuh so einen fetten Arsch hat. Der Mond scheint hell durch die kleinen Holzfenster und hochkonzentriert suche ich den Weg zu ihrem Schlafzimmer.

Es ist Nacht.

Anscheinend ihre letzte Nacht. Der Mond scheint hell durch die Fenster.

Vor Aufregung glühen meine Wangen und ich habe bei James mindestens 5 Schmerztabletten eingeworfen, damit ich meine Füße nicht mehr spüre. Vorsichtig gehe ich weiter. Da höre ich ein scheppern. Woher kommt das? Hier im Haus bleibt alles ruhig, also gehe ich weiter. Vor mir liegen zwei Türen. Ich entscheide mich für die weiter entfernte. Sie sieht mir sehr nach Schlafzimmer aus. Ich habe ein gutes Gefühl. Gleich darf ich spielen. Jonah, bald bin ich bei Dir! Langsam drücke ich die Klinke herunter. Was ist das für ein Geruch? Lass Dich nicht ablenken, Isabell. Denk an Deinen Plan. Glücklich und innerlich kichernd mache ich den nächsten Schritt.

Ian

M ein Plan gelingt!

Volle 3 Benzinkanister habe ich soeben über der Farm, dem Stall und dem Haus der Familie ausgekippt und nacheinander angezündet. Eigentlich wollte ich einen schönen Molotowcocktail basteln, dann wäre der Effekt heftiger, aber so geht es auch. Außerdem ist es sonst zu offensichtlich.

Es fühlt sich an wie Weihnachten. Wärme breitet sich in meinem Bauch aus. Ich fühle mich leicht. Beschwingt. Aber auch positiv aufgeregt. Schritt für Schritt komme ich meinem Ziel näher. Bald bin ich ein reicher Mann und die Welt liegt mir zu Füßen.

Mir ist ganz feierlich zumute, wie ich dastehe am Waldrand und den flackernden Flammen zusehe, die mehr und mehr Besitz vom Holz ergreifen. Es knistert und knackt. Funken sprühen in den dunklen Nachthimmel. Holzhäuser sind perfekt für ein großes Lagerfeuer. Binnen weniger Sekunden ist alles in tiefes Orange getaucht.

Mein persönlicher Sonnenaufgang in allen Facetten. Es sieht wunderschön aus. Faszinierend spiegelt sich das Schauspiel in meinen Augen, die langsam feucht werden. Ein Sonnenaufgang ähnlich einem

Feuerwerk. Der Start in eine neue Zeit. Eine Zeit von Wohlstand, Sex und Sieg. Stärke und Allmächtigkeit.

Am liebsten würde ich den Anblick noch länger genießen, aber ich muss weg von hier. Schließlich muss ich noch meine Spuren beseitigen und mein Alibi bei der Dorfnutte bestätigen. Nur für den Fall!

Die Wärme der Flammen dringt bis zu mir rüber und wärmt meinen Rücken, als ich mich umdrehe und fortgehe. Herrlich.

Fiona

Meine Augen brennen. Gerade bin ich aufgewacht. Liege in meinem Bett. Ich brauche ein paar Sekunden um zu realisieren das es brennt. Mein Haus brennt. Verdammt, verdammt, verdammt! Ich höre die Flammen bedrohlich knacken und flackern und der Rauch dringt immer mehr unter der Tür hindurch.

Die Außenwand rechts von mir brennt auch und ich habe keine Möglichkeit durch das Fenster zu fliehen. Also springe ich auf und in meine Stiefel, streife mir eilig meine Jacke über, presse meinen dicken Wollschal vor den Mund und öffne die Tür. Jeder Schritt ist anstrengend und überall schießen neue Flammen empor.

Ich wusste gar nicht, das Feuer so laut sein kann. Meine Ohren dröhnen. Kurz habe ich das Gefühl links im Flur den Umriss einer Person zu sehen, aber das kann ja gar nicht sein, Stuart schläft Zuhause, er muss morgen ganz früh auf die Pirsch, also schiebe ich den Gedanken schnell beiseite und fliehe eilig Richtung Haustür. Hinter mir kracht ein brennender Balken herunter, aber ich traue mich nicht genauer hinzusehen. Ich muss hier raus! Die Flammen haben das ganze Haus im Griff. So ein Scheiß. Der schwarze Rauch beißt in meinen Augen und ich weiß, dass ich erst draußen an der frischen Luft wieder atmen darf. Die Haustür aufreißend, schlägt mir draußen die eisige Kälte der Nacht entgegen. Geschafft.

Als ich jedoch sehe, dass auch das Gästehaus und die Stallungen brennen, bekomme ich Panik.

Zum Glück kommen gerade in diesem Moment Dani und Max mit den Kindern auf dem Arm aus dem Haus gestürmt. Ich rufe ihnen zu „Lauft schnell zu James Haus und ruft die Feuerwehr! Ich rette die Tiere!", dann laufe ich zu den Stallungen. Stroh und Heu sind perfekte Brandbeschleuniger.

Es ist so heftig heiß hier drin!

Die Kaninchen kann ich leider nicht mehr retten, aber weiter hinten sind die großen Käfige von Brauner, dem Grizzly jungen, und den zwei Bergziegen, die wir mit der Flasche großgezogen haben. Mehr Tiere haben wir momentan nicht. Zum Glück. Die Ziegen laufen panisch im Eiltempo fort, sobald ich die Tür aufstoße. Das Feuer greift immer weiter um sich. Ich kann kaum mehr die Hand vor Augen sehen. Schnell öffne ich die Käfig Tür vom Braunen und er sieht mich kurz an. Dankbarkeit liegt in seinem Blick. Dann drehe ich mich um und renne aus der Flammenhölle heraus. Der Bär folgt mir jaulend. Meine Beine sind leicht angesengt und draußen breche ich keuchend zusammen.

Erst langsam wird mir klar, dass das Feuer kein Zufall sein kann. Wer war das?

Langsam und wie um Jahrzehnte gealtert richte ich mich wieder auf und gehe rüber zur kleinen Holzhütte, die nicht das Ziel dieses Psychopathen war. Die Kinder sind ganz aufgeregt. Ich erzähle ihnen lieber nichts von den verbrannten Kaninchen. Sie sind froh, dass es uns allen gut geht und alle Tiere gerettet wurden. Unendlich traurig schließen Dani, Max und ich uns in die Arme. All unser Hab und Gut ist verbrannt. Da kann die Feuerwehr auch nichts mehr retten. Die braucht mindestens 1 Stunde bis hierher.

Am liebsten würde ich noch einmal ins Haus gehen, aber Max hält mich zurück. Ich kann nur entsetzt aus dem Fenster starren und hilflos dabei zusehen, wie gerade das Hausdach einstürzt. Tränen der Wut laufen mir die Wangen herunter und hinterlassen weiße Spuren in meinem rußgeschwärzten Gesicht. Jonah und Sofia finden das alles sehr spannend. Eingemummelt in Decken sitzen sie auf der Küchenbank und starren in die Flammen. Selbst hier drinnen, 50m von dem prasselnden Feuer entfernt, kann man die Hitze spüren. Meine Sorge gilt jetzt dem Wald. Hoffentlich wird kein Waldbrand ausgelöst, jedoch sollte der Schnee das schlimmste verhindern können.

Immer wieder grübele ich nach dem Grund für das Feuer. Da trifft Stuart ein. Max hatte auch ihn direkt nach der Feuerwehr angerufen. Seine Sorge sieht man ihm an und auch seine Erleichterung, als er mich in die Arme schließen kann. Er küsst mich, sieht mich an und drückt mich noch einmal. Als nächstes trifft der Sheriff ein. Gleichzeitig mit der Feuerwehr, die zwar versuchen die Gebäude zu löschen, aber eher aufpassen, dass der Brand kontrolliert abläuft. Auch Stuart will wissen, wer hinter dem Feuer steckt. Der Hauptfeuerwehrmann sagt uns, dass wir doch bitte alle zur Überwachung ins Krankenhaus fahren sollen. Schließlich haben wir alle den giftigen Rauch eingeatmet und es sterben mehr Menschen pro Jahr an einer Rauchvergiftung als in den Flammen zu verbrennen.

Widerwillig folge ich.

Was will ich hier auch noch.

Alles ist verbrannt.

Isabell

Im einen Moment bin ich voller Glücksgefühl. Geil. Einfach nur geil und in höheren Sphären schwebend bei der Aussicht gleich Jonah Gewalt, sowie Liebe zuteilwerden zu lassen. Stelle mir vor, wie ich seine Haut küsse, seine Augen vor Angst aufgerissen sind und er dem Tode ins Auge sieht.

Im nächsten Moment stelle ich fest, dass ich in einem Alptraum bin. In meinem persönlichen Alptraum. Schon der Geruch hätte mich stutzig machen sollen, aber in meiner Geilheit habe ich alle Instinkte zurückgestellt. Wollte nur noch schnell die Erwachsenen erschießen und mich dann der Lust widmen. Scheiße! Als ich merkte, dass das Haus um mich herum brennt, war es schon zu spät. Jedenfalls fast. Ich sah die Haustür und rannte los, da ging vor mir eine Tür auf, ich erschrak, wich kurz zurück. Einen kurzen Moment zu lange, denn als ich wieder loslief stürzte vor mir ein brennender Dachbalken herunter und versperrte mir den Weg.

Wie ein Tiger im Käfig lief ich hin und her auf den 5 Quadratmetern, die noch nicht brannten und sah die Flammen immer weiter auf mich zukommen.

Mittlerweile sitze ich hier am Boden. Ich habe verloren. Meinen Mut, meine Lust, mein Leben.

Ich warte darauf endlich zu sterben. Die Schmerzen sind grausam. Treiben mich noch weiter in den Wahnsinn. Als die riesigen, stinkenden Brandblasen auf meiner Haut anfangen zu platzen und eine Bindung mit meinen Klamotten eingehen fange ich an zu lachen. Feuer hatte ich an meinen Opfern nie ausprobiert.

Schade eigentlich.

Ian

Jetzt kann es losgehen!

Ich kann mein Glück gar nicht fassen. Erst die gelungene Feueraktion mit dem Resultat, dass das Gebiet hier für die nächsten Wochen unbewohnbar sein wird und ich hier in Ruhe nach Gold graben kann und dann werde ich noch nicht einmal verdächtigt. Also ich nicht und auch kein anderer.

Ich konnte es selber kaum glauben, als ich gestern die Zeitung aufschlug, aber anscheinend war die rothaarige Frau im Haus als das Feuer ausbrach und ist darin verbrannt. Man hat sie recht schnell an ihren Zähnen identifizieren können. Jetzt weiß ich auch wie die Frau heißt. Isabell. Sie ist eine gesuchte mehrfache Mörderin und Kinderschänderin, die der Familie schon in Montana viel Leid zugefügt hat und die sich nun rächen wollte. Man vermutet, dass sie sich schon viele Tage vor dem Feuer in der Gegend aufgehalten hat, wie die Fußspuren zeigten, meine Spuren, kichere ich in mich hinein, und dass sie dann durch Dummheit in dem eigens gelegten Feuer umgekommen ist. Neben ihr fand man eine Waffe. Geladen.

Besser kann es für mich nicht laufen. Das Feuer ist nun eine Woche her. Ich stehe inmitten des verkohlten Holzes. Die Untersuchungen hier vor Ort sind abgeschlossen und ich bin ein freier Mann. Niemand wird Verdacht schöpfen, wenn ich mich hier aufhalte. Ein älterer Mann mit ausgeprägtem Helfersyndrom, der versucht die Brandstelle aufzuräumen und nebenbei Bodenproben zu nehmen.

Das Grinsen kriege ich nicht mehr aus dem Gesicht.

So stehe ich hier.

Genieße den wundervollen Ausblick auf den See und eine goldige Zukunft.

Ich höre ein leises Jaulen. Irgendein Tier jammert. Da sehe ich es auch. Ein kleiner Bär läuft jammernd durch die Gegend. Wie armselig. Ich glaube es ist der Bär, den der kleine Junge ständig an seiner Seite hatte. Jämmerlich. Ich nehme mein Jagdmesser um ein zartes Stück Bärenfleisch zum Abendessen genießen zu können und nähere mich vor Vorfreude grinsend dem jungen Tier. Lieb säuselnd rede ich auf den Jungbären ein. Erzähle ihm von meinem bevorstehenden Abendessen und das er bestimmt lecker schmecken wird. Er ist Menschen gewohnt und kommt langsam zutraulich auf mich zu.

Als ich gerade zustechen will, kommt von hinten mit Gebrüll ein riesiges Monstrum angerannt. Dickes, strähniges Fell, monströse Zähne in einem weit aufgerissenen Maul.

Laut brüllend und geifernd richtet er sich auf. Ein Grizzly. Weiblich.

Vielleicht die Mutter des Kleinen.

Deshalb hat er so gejammert.

Fuck!

Ich stolpere. Ein großer Fehler!

Das schöne Gold, denke ich noch, als ich zu Boden gedrückt werde und mir der Bär die Kehle durchbeißt.

Dani

Erst als wir im Krankenhaus lagen kam die Angst. Die mir so bekannte Angst. Langsam kroch sie mir über den Rücken und lähmte mich. Mein Herz raste und bestimmte sogar meine Atmung. Ablenkung half nicht. Alte Geister sah ich vor mir. Böse Geister aus längst vergangenen Tagen, wie ich dachte. Plötzlich waren sie wieder da. Grell und präsent nahmen sie von mir Besitz. Ich konnte mich nicht rühren. Jetzt waren es Max, Jonah und Sofia, die mir gut zureden mussten, damit ich überhaupt noch existieren konnte. Sie gaben mir Kraft.

Fiona ist am nächsten Tag mit Stuart zurück zur Farm gefahren. Allerdings dürfen sie das Gelände nicht betreten und es gab auch keine Gegenstände, die vor den Flammen verschont geblieben sind. Also hat Stuart kurzerhand zwei Flugtickets besorgt und ist mit ihr in den Urlaub nach Hawaii geflogen, wo sie sich ein wenig von der Aufregung erholen soll. Fiona sträubte sich erst, aber Stuart hat sich durchgesetzt. Was Besseres können sie nicht tun. Ich habe lange mit Fiona gesprochen, sie hatte ein schlechtes Gewissen, weil sie uns hier alleine lässt und sie sagt sie will nicht mehr zur Farm zurück. Die Geschehnisse haben ihr gezeigt, wie sehr sie Stuart liebt und ihn braucht. Sie wollen gemeinsam in sein Haus ziehen und in eine glückliche Zukunft im wunderschönen Jasper Nationalpark schauen. Nur weiß sie nicht was mit uns dann sein soll, schließlich hat sie uns hierhergebracht. Ich sage ihr, dass sie sich bitte keine Gedanken darüber machen soll. Wir finden schon eine Lösung und so ganz heimisch haben wir uns in der Einsamkeit ja auch nicht gefühlt.

Max hat für uns ein Zimmer in einem Hotel in Whitecourt angemietet. Es hat einen Spa-Bereich und einen tollen Kinderspielplatz. Ich brauchte einige Tage um mich zu beruhigen, die Flammen auszublenden und zu realisieren, dass es uns allen gut geht. Jonah geht jeden Tag zur Schule und ist glücklich darüber. Jetzt wo sich die Angst gelegt hat und ich dem Nebel meiner Angst langsam entkommen konnte, überlegen wir uns hier in Whitecourt ein kleines Häuschen zu kaufen. Die Wildnis ist uns doch etwas zu wild. Ich aber wollte eigentlich weg. Weit weg. Mal wieder. Fliehen! Als dann jedoch die Spurensicherung feststellte, dass sich in Fionas Haus ein Leichnam befand und dann ein Tag später uns mitgeteilt wurde, dass es sich bei der verkohlten Leiche um Isabell handelte, war ich natürlich zugleich geschockt, wie auch erleichtert.

Niemand mehr, der uns verfolgt.

Endlich sind sie weg. Verschwunden. Tod. Isabell und Brian.

– Alte Geister? Scheiß drauf!!!!!!

Stuart

O h je, ich brauchte wirklich ein paar Tage, bis ich mich an
dieses Klima hier auf Hawaii gewöhnt hatte. Noch nie zuvor
war ich am Meer, okay, vor 40 Jahren mit meinen Eltern gibt es ein
Foto von mir an der kanadischen Küste, aber nichts hat mich vorbereitet auf dieses hier. Hitze, Sand, viele Menschen, laute Gesänge und
vor allem: ich in Badehose. Sowas habe ich zuvor noch nie besessen.
In Kanada kann man in Unterhose oder nackt baden gehen. Es sieht
einen eh niemand.

Ganz im Gegensatz zu hier. Als überforderte Kalkleiste bin ich gekommen und nun, 4 Tage und einen Sonnenbrand später, liege ich
am feinsten Sandstrand, den man sich vorstellen kann, vor mir tür-
kisblaues Meer. In der Hand einen leckeren Cocktail und neben mir
Fiona. Wunderschön in ihrem blauen Badeanzug mit weißen Pünkt-
chen. Ich glaube, sie ist gerade eingenickt. Ich möchte am liebsten
ihren Körper streicheln. Sie berühren um sicherzugehen, dass es
wirklich wahr ist, was sich gestern ereignet hat.

Gestern nämlich habe ich nach einem traumhaften Abendessen am
Strand all meinen Mut zusammengenommen und ihr einen Heiratsantrag gemacht. Okay, ich hatte keinen Ring, aber ich bin vor ihr auf
die Knie gegangen und ein paar liebe Worte habe ich auch rausge-

bracht. Fiona hat mich gar nicht erst ausreden lassen, hat „JA!" gerufen und ist mir sofort um den Hals gefallen. Da ich nicht mit dieser
stürmischen Reaktion gerechnet hatte, hat es uns beide komplett um-
gehauen und wir lagen rücklings lachend und vor Freude weinend im
warmen Sand. Fiona hat sofort angefangen alles für die Hochzeit zu
planen. Dann aber hielt sie inne und fragte mich: „Lieber Stu, willst
Du mich, Fiona, hier heiraten? Hier ist es perfekt. Nur wir zwei. Wir
suchen uns einen Standesbeamten und machen alles ganz spontan.
Ganz intim. Willst Du?" Und ob ich wollte.

Wie Fiona so ist, ging dann alles ganz schnell, noch vor dem Zubett-
gehen hatte sie alles organisiert. Eine kleine Zeremonie, die Papiere,
eine weiße Tunika und Blumen. Morgen werden wir heiraten. Ich
kneife mir in den Arm. Nein, ich träume nicht. Meine Fiona, meine
Frau, denke ich noch, während auch ich langsam dem Geräusch der
leisen Wellen folgend ins Traumland hinübergleite.

Nachwort

Seit dem schrecklichen Feuer und damit dem Ende unseres Schreckens ist nun 1 Jahr vergangen. Ich lebe mit Max, Jonah und Sofia in einem wundervollen weißgetünchten Haus mit großem Grundstück direkt am Stadtrand von Whitecourt in Kanada. Hier gibt es genau die richtige Mischung aus Landleben, Natur, Nachbarschaft und Gemeinschaft, die wir uns gewünscht haben. Durch die riesigen Fenster unseres Wintergartens sehe ich in der Ferne die Berge.

Irgendwie sind es meine Berge geworden. Groß und mächtig, aber keineswegs bedrohlich sind sie. Ich verbinde mit ihnen ein Abenteuer. Einen Abschluss.

In all ihrer Schönheit faszinierend und durch Fiona und Stuart für mich eher ein Liebespardies, als ein trauriger Ort. Natürlich ist dort James verschwunden, aber in meinen Träumen sehe ich ihn vor mir. Jeder Fleck seines Körpers vor Erleichterung lachend. Ein Bier in der Hand an irgendeinem Strand der Welt oder im Himmel. Endlich seine Erlösung findend, weil es uns gut geht. Jedenfalls wünsche ich mir das für ihn. Weil jegliche Suchaktionen der Polizei, inklusive Hundestaffeln, keine Ergebnisse gebracht haben, entschieden wir uns vor 6 Monaten dazu James eine kleine Abschiedsfeier zu widmen. Wir trafen uns alle in James kleiner Holzhütte, stocherten den Kamin an, tranken einen Punsch auf ihn und ließen Gasluftballons steigen, an die wir Karten mit unseren Wünschen gebunden hatten. Es war trotz aller Traurigkeit ein schöner Moment. Wir fühlten uns ihm sehr nah. Jedenfalls ist es eine romantisch traurig schöne Vorstellung. Ich werde James niemals vergessen. Genauso wenig wie den kalten Winter in den Bergen, wie die Luft riecht, die herrliche Stille und die roten Herbstwälder in all ihrer Farbenpracht. Es war eine schöne Zeit und sie hat unsere Wunden geheilt. Vor allem die Wunden von Jonah. Nie hätte ich gedacht das aus diesem kleinen Jungen mit den Schultern voll schmerzhafter traumatischer Erfahrungen jemals wieder ein so fröhlicher Junge wird. Gottseidank ist er stark. Die Sonne steht hoch am Himmel und ein Schwarm Zugvögel zieht über uns hinweg. Traumhaft schön.

Ein kühler Windhauch trifft mich und ich fröstle. Seltsam, denn alle Fenster sind geschlossen und es ist Sommer, aber ich ziehe einfach meine muckelige Decke über mich, kuschele mich in meine beigen Kissen und genieße den Blick durch den Wintergarten in Richtung Natur. Herrlich. Oben im Haus höre ich Sofia und Jonah streiten. Wie halt unter Geschwistern üblich. Ich muss grinsen.

In den letzten Monaten wurde aus Jonah ein großer Junge. Die Schule ist für ihn keine Qual mehr. Er hat nun echt gute Kumpels gefunden, das Lernen fällt ihm nicht schwer und man munkelt sogar, er hätte eine Freundin. Josie Fallner aus der Brexter Street. Ein süßes, schwarzhaariges Mädchen.

Sofia kommt nächstes Jahr schon in die Schule. Wie die Zeit vergeht. Sofia ist wie eh und je eine Frohnatur. Zuckersüß, kreativ und manchmal auch zickig und dickköpfig, aber das finde ich super. Sie soll sich durchsetzen im Leben!

Ach ja, es gibt noch eine wichtige Neuigkeit, Fiona und Stuart haben auf ihrer Spontanreise heimlich, still und leiser geheiratet und im März bekommen sie ein Baby. Kann man das fassen? Es wird ein Junge. Stuart ist stolz wie nie und Fiona hat sogar das Stricken angefangen. Voll süß! Die derbe Fiona schwanger und im Nestbaufieber.

Max kommt zu mir ins Wohnzimmer. Er reicht mir ein Glas Rotwein. Er ist ein richtiger Schatz, gibt mir einen Kuss auf die Nase, unser liebgewonnenes Ritual, setzt sich neben mich und wir stoßen an.

Auf das neue Zuhause, auf die vielen neuen Freunde im Ort, auf die Gesundheit, auf das Leben, die Kinder, die Sicherheit und vor allem auf die Liebe.

Prost!

Dankwort

Ich danke von Herzen all jenen Menschen, die mir die Zeit geben, mich diesem Buch zu widmen, die mich begeistert unterstützen, mir neue Wege aufzeigen und dieses Buch erst möglich machen.

Danke Sarah Jabs, für das neue, geniale Buchcover und Danke Torsten, für Deine immerwährende Liebe.

Und danke all jenen, die meinen Büchern eine Chance geben.

Danke Dir, der/die Du diese Zeilen gerade liest.

Ich wünsche Dir alles Glück der Welt!